*Für alle,*
*die nach dem Unterricht nach vorne*
*zur Lehrerin mussten und auf*
*die Frage »Was stimmt mit dir nicht?«*
*keine Antwort wussten.*

»Schreiben Sie doch einfach einen Bestseller«, sagte ein Jobberater zu Corinna Rindlisbacher nach einem kurzen Blick auf ihren Lebenslauf. Sie hatte Germanistik und Philosophie studiert und kam gerade aus dem Ausland zurück, wo sie u. a. australische Hostelwände gegen freie Unterkunft bemalt und Kinder in indischen Slums unterrichtet hatte. Bis dahin hatte sie nur Kurzgeschichten geschrieben, Comics gezeichnet und halb fertige Romane in die Schublade gestopft. Von einem Bestseller war sie weit entfernt – aber die Herausforderung nahm sie an. Mit ihrem Rätsel-Spielbuch »Die Monstertrickserin« gewann sie 2018 den Kindle Storyteller X Award.

**Von Corinna Rindlisbacher bereits erschienen:**

**Das Dämonen-Labyrinth**
Deine Entscheidung zählt!

Mehr über unsere Bücher, Autoren und Illustratoren auf:
**www.planet-verlag.de**

Rindlisbacher, Corinna:
Die chinesische Spiegelfalle
ISBN 978 3 522 50701 1

Umschlag- und Innenillustrationen: Pascal Nöldner
Umschlagtypografie: Zero Werbeagentur
Innentypografie: Tanja Haaf
Reproduktion: DIGIZWO GbR, Stuttgart
Druck und Bindung: GGP Media GmbH, Pößneck

FSC www.fsc.org
MIX
Papier aus verantwortungsvollen Quellen
FSC® C014496

Corinna Rindlisbacher

# Die chinesische Spiegelfalle

Mit Illustrationen
von Pascal Nöldner

PLANET!

»Aber nichts anfassen!«

»Ja, Mama.« Fridolin betrachtete die Marmorfigur, die sich vor ihm auftürmte, mit einem finsteren Blick.

Seine Mutter holte gerade Luft, um noch etwas hinzuzufügen, als Otho Oratio, der Besitzer von *Oratios Kunst- & Kuriositätenladen* ihren Arm ergriff. »Frau Vigo, lassen Sie den Jungen sich doch in Ruhe umschauen«, sagte er mit sanfter Stimme und führte sie weiter in den Ausstellungsraum hinein. »Jeder entdeckt die Liebe zur Kunst auf seine eigene Art.«

»Fridolin und Liebe zur Kunst?« Sie lachte kurz auf. »Sie haben keine Ahnung, was er heute angestellt hat – deswegen bin ich ja hier!«

Fridolin schob die Hände in die Hosentaschen und verdrehte hinter dem Rücken der Erwachsenen die Augen. Was er angestellt hatte … *Das war ein* **UNFALL!** Zur Strafe musste er seine Mutter jetzt in dieses ätzende Einkaufszentrum begleiten, damit sie sich in diesem öden Krempelladen noch einen Staubfänger anschaffen konnte. Er ließ den Blick durch den zweistöckigen, von Kronleuchtern erhellten Ausstellungsraum schweifen. Unten standen alle paar Meter Skulpturen auf Sockeln. Eine geschwungene Treppe führte zu einer Empore, wo riesige Gemälde in dicken Goldrahmen hingen. Fridolin entdeckte nichts, das auch nur im Mindesten interessant aussah.

»Erzählen Sie mir doch, womit ich Ihnen eine Freude machen kann, Frau Vigo«, sagte Herr Oratio.

»Erinnern Sie sich an die Büste, die ich letztes Jahr bei Ihnen erstanden habe?«

»Selbstverständlich.«

Fridolins Mutter sah den Mann eindringlich an. »In tausend Stücke ist sie zersprungen.« Sie legte eine Hand auf ihr Herz und schüttelte betrübt den Kopf.

Herr Oratio blickte kurz zu Fridolin hinüber und lächelte gleich darauf wieder seine Kundin an. »Ich denke, da habe ich genau das Richtige für –«

»Weil er unbedingt im Vorgarten Basketball spielen musste!«, unterbrach Fridolins Mutter ihn.

Fridolin **STÖHNTE** leise und fixierte das Schachbrettmuster auf dem Boden. Es stimmte ja: Er hatte Körbewerfen geübt – aber nur, weil er unbedingt in die Basketballmannschaft seiner Schule aufgenommen werden wollte. Andere Kinder hatten auch einen Basketballkorb in der Einfahrt, also hatte er sich aus einem Plastikeimer einen selbst gebaut und im Vorgarten aufgehängt. Nie hätte er damit gerechnet, dieses blöde Ding zu treffen … oder dass es gleich umfallen und kaputtgehen würde. Warum mussten auch überall diese dämlichen Kunstdinger rumstehen?

»Ich verstehe«, sagte Herr Oratio und tätschelte Fridolins Mutter den Oberarm. »Fridolin, siehst du da vorne die Schiebetür?«, wandte er sich dann an den vor Ungeduld mit den Füßen scharrenden Jungen. »Dort geht es zu meiner Kuriositätensammlung. Sieh dich ruhig ein wenig um.«

»Nein, ich will ihn in meiner Nähe haben – nicht dass er noch mehr Unfug anstellt«, sagte Fridolins Mutter streng.

»Er wird schon nichts kaputt machen. Nicht wahr, Fridolin? Dann können wir uns in aller Ruhe den infrage kommenden Exponaten widmen.«

Fridolins Mutter schnaubte, rang sich aber schließlich zu einem »Na gut« durch.

Fridolin trollte sich, so schnell er konnte. Alles war besser, als stundenlange Vorträge über Kunst! Die hingen ihm nämlich schon zum Hals raus! Er hatte die Schiebetür fast erreicht, als er seine Mutter rufen hörte: »Wenn wegen dir noch irgendetwas zu Bruch geht, ist das Basketballtraining gestrichen! Haben wir uns verstanden?«

»Ja, Mama«, presste er hervor.

*Das ist nicht* **FAIR!** *Sie weiß ganz genau, wie wichtig mir das Training ist.*

Schnell zog er die Schiebetür auf, schlüpfte hindurch und

schob sie hinter sich wieder zu. Die aufgebrachte Stimme seiner Mutter drang leider immer noch zu ihm. Gerade beschwerte sie sich bei Herrn Oratio darüber, wie unverschämt und rücksichtslos sich ihr Sohn verhalten würde …

Fridolin atmete tief durch und versuchte, die Worte seiner Mutter und den stechenden Schmerz, der in seiner Magengegend entstanden war, zu ignorieren. Neugierig sah er sich in dem Raum um, der nur halb so hoch war wie der Ausstellungsraum. Durch kleine Fenster an der gegenüberliegenden Wand drangen ein paar Sonnenstrahlen herein und tauchten ihn in ein mattes Licht. Nur hinter einem Regal zu seiner Linken schien ein Neonlicht zu flackern. Rechts neben ihm stand ein Aquarium, das mit einem Tuch abgedeckt war und leise vor sich hin blubberte. Außerdem war der ganze Raum bis oben vollgestopft mit … Zeug. War er in die Abstellkammer geraten?

»KURIOSITÄTENSAMMLUNG« hatte Herr Oratio dazu gesagt, erinnerte Fridolin sich. Keine Ahnung, was das bedeutete. Vorsichtig ging er ein paar Schritte in den Raum hinein. Dunkle Holzregale, -tische und -schränke standen an den Wänden und im Raum verteilt, wodurch kleinere, verwinkelte Bereiche entstanden. Auf dem Boden sah er einen Ohrenkneifer, der gerade hinter einem Vogelskelett verschwand, von denen mehrere einfach so herumstanden. Er fragte sich, wie groß der Raum wohl sein mochte, denn die

hohen Regale und Schränke versperrten ihm die Sicht. In und auf den Möbelstücken lag allerhand seltsamer Kram. Er entdeckte Kelche, die aussahen, als wären sie aus riesigen Schneckenhäusern gemacht – oder waren das Muscheln? Ein kleines Schild verriet ihm, dass sie »Nautiluspokale« hießen. In einer Vitrine vor ihm standen ausgestopfte Vögel; er spähte nach links um die Regalecke, von wo das Neonlicht kam. Dort befand sich ein riesiger Glaskasten mit Dschungelpflanzen darin. Daneben standen weitere abgedeckte Kästen an der Wand – hier schien der Raum zu enden.

In einem der Regale weckte ein Gegenstand sein Interesse. Es war eine **SCHWARZE GLASKUGEL,** nur halb so groß wie ein Basketball. Auf der Oberfläche leuchtete ein Satz: *Der Name hat nur zwei verschiedene Vokale.* Das war bestimmt so eine Wahrsagekugel, die man schütteln musste, damit sie einen neuen Spruch zum Besten gab. Fridolin schnaubte. *Blödes Spielzeug.*

Doch er blieb noch einen Moment vor dem Regal stehen. Sollte er sie vielleicht doch mal schütteln? Nur so zum Spaß?

→ Fridolin greift nach der Wahrsagekugel, um sie zu schütteln. Lies auf Seite 26 weiter.

→ Fridolin sollte lieber nichts anfassen und weitergehen. Blättere auf Seite 16.

»Okay, wir probieren es noch mal«, gab Fridolin nach und folgte dem Goblin zurück zum Spiegel.

Als sie davorstanden, sagte Pierre: »Du bleibst hier stehen und streckst deinen Arm aus, damit ich mit der Fessel möglichst viel Anlauf nehmen kann, und dann –«

»Wir haben ein Problem«, unterbrach Fridolin ihn.

»Hä?«

»Wir wissen immer noch nicht, welche Symbole wir aktivieren sollen.« Er untersuchte den Rahmen des Spiegels und fuhr ihn sogar mit der freien Hand ab. »Ich sehe zumindest keine.«

»Oh …«, machte Pierre nur. **»MIEFIGER MOPPELMIST.«** Er drehte sich mit dem Rücken zum Spiegel und ballte die Hände zu Fäusten. »Aus dieser stinkigen Ratte hätte ich mehr rausholen können!«

Fridolin seufzte. »Wir können zu den Geweihen oder dem Mull im Vivarium gehen.«

»Da wäre auch noch die Truhe!«, fiel Pierre ein.

→ Die beiden sollen die Geweihe auskundschaften?
Lies auf Seite 44 weiter.
→ Der Mull könnte etwas wissen.
Blättere auf Seite 32.
→ Die Truhe sieht interessant aus?
Spring auf Seite 34.

»Hey, hallo! Kann ich euch irgendwie helfen?«, erklang eine kindliche Stimme hinter ihnen.

Erschrocken wirbelten Fridolin und Pierre herum.

In einem Regal hockte auf Pierres Kopfhöhe eine weiße, flauschige Raupe zwischen zwei Büchern, die sie mit großen Augen ansah.

Fridolin fasste sich als Erstes wieder. »Ähm, hallo. Vielleicht.« Er deutete auf die Fessel an seinem Handgelenk. »Kennst du dich mit der **SPIEGELFALLE** aus?«

»Ja, klar! Ich weiß alles über die Spiegelfalle. Fragt mich was!«

»Was werden wir wohl wissen wollen«, sagte Pierre mit einem Augenrollen. »Wie kriegen wir das Ding hier ab und mich wieder nach Hause?«

»Oh, das weiß ich, das weiß ich!«, rief die Raupe begeistert und wippte auf und ab.

»Pssst, ein bisschen leiser, bitte«, sagte Fridolin.

»Ja, ja, schon klar. Ähm. Die Spiegelfalle, Jingzi. Man muss die richtigen drei Symbole am Rahmen aktivieren.«

»Dsching-*was?*«

»Jìngzi. Das ist Chinesisch und bedeutet Spiegel.«

»Ach so. Da waren aber keine Symbole am Rahmen«, wandte Fridolin ein.

»Doch, doch. Ich zeig sie euch! Soll ich? Ich weiß, wo sie sind«, sagte die Raupe aufgeregt.

Fridolin und Pierre tauschten einen Blick aus. Der Goblin zuckte gleichgültig mit den Schultern und Fridolin sagte: »Okay, zeig sie uns.«

»Oh, wow! Super! Moment, ich komme runter.« Die Raupe schob ihr haariges Hinterteil über die Kante des Regalbretts und ließ sich rücklings hinunterplumpsen. »**AUTSCH!** Oh, das hat wehgetan. Au, au, au, au, das war blöd. Aber egal.« Sie schaute zu Pierre und Fridolin hoch. »Hi! Okay, ich komme mit. Ich zeig euch die Symbole. Das wird toll! Nur wir drei. Beste Freunde. Total cool!«

Pierre runzelte die Stirn und raunte Fridolin zu: »Die nervt mich jetzt schon.«

»Sie erinnert mich ein bisschen an dich«, raunte Fridolin zurück.

Der Goblin knurrte.

»Okay, Freunde!«, rief die Raupe und robbte los. »Los geht's! Dann folgt mir mal, ich weiß, wo Jìngzi steht.«

»Ey, als ob wir das nich' selbst wissen.«

»Aber halt! Moment! Eine Sache noch.« Die Raupe drehte sich zu den beiden um und bedachte sie plötzlich mit einem verschwörerischen Blick. »Warum summen Bienen?«

»Hä?«, sagte Pierre.

»Was für Bienen?«, fragte Fridolin irritiert.

»Ganz normale Bienen halt. Die summen, aber warum? Warum summen Bienen?« Die Raupe hielt sich zwei ihrer Ärmchen vor das Gesicht und kicherte. »Ganz einfache Frage, Freunde. Sagt schon!«

»Ähm, keine Ahnung. Weil sie irgendwas mit den Flügeln –«, begann Fridolin, doch wurde gleich unterbrochen.

»Nö … Weil sie den Text nicht kennen!« Die Raupe brach in lautes Gelächter aus, sodass ihr ganzer Körper zitterte.

**»PSSST!«,** machte Fridolin erschrocken.

»Das war jetzt aber nich' meine Schuld«, sagte Pierre.

Die Raupe lachte immer noch. Fridolin ging neben ihr in die Hocke und sagte: »Bitte. Du musst echt leise sein.«

Sie beruhigte sich und wischte sich eine Träne aus dem Augenwinkel. »Ja. Ja, ich weiß. Leise sein, psst. Weiß ich doch.«

»Okay, können wir dann weiter?«, fragte Pierre ungeduldig.

»Ja, klar, Freunde. War nur ein Witz. Oh, apropos Witz! Einen hab ich noch. Wollt ihr ihn hören?«

»Nein!«, sagten Fridolin und Pierre gleichzeitig.

»Warum sind Skelette schlechte Lügner?«

Die Raupe hielt sich den Mund zu, um nicht gleich loszuprusten.

»Bitte nicht so laut lachen«, flehte Fridolin und fuhr sich durch die Haare.

»Weil sie leicht zu durchschauen sind! Versteht ihr? Wegen der Knochen!« Die Raupe brüllte vor Lachen.

Panisch sah Fridolin sich um, ob er irgendetwas entdeckte, um es über sie zu werfen. Doch er fand auf die Schnelle nichts. »Was machen wir denn jetzt?«

»Kein Problem. Ich hab auch 'nen Witz«, gab der Goblin grinsend zurück.

»Oh nein, bitte nicht du auch noch …«

»Hey, weiße **WUSCHELWURST.** Warum sind Raupen schlecht zu fressen?«

»Raupen? Ich bin eine Raupe! Hm, Moment, das weiß ich bestimmt. Schlecht zu fressen, hm …« Sie blickte ihn erwartungsvoll an und quietschte vergnügt. »Oh, das ist bestimmt gut. Oder? Sag schon, sag schon!«

Pierre beugte sich vor, schnappte sich die Raupe und verschlang sie mit einem **HAPPS.** Es war nur noch ein leises Knirschen zu hören, während er kaute.

Erschrocken blickte Fridolin ihn an. »Du kannst doch nicht einfach die Raupe fressen!«

Pierre verzog das Gesicht und spuckte ein Büschel weißer Haare aus. »Stimmt. Weil sie viel zu haarig is'.« Er lachte dreckig. »Verstehste? War gar kein Witz.« Er streckte die

Zunge heraus und wischte mit seinem Handrücken darüber. »Sollen wir einfach da weitermachen, wo wir aufgehört haben?«

Fridolin atmete einmal tief durch und stand wieder auf. »Ja, bitte.«

Dann mussten sie wohl woanders herausfinden, was es mit den Symbolen der Spiegelfalle auf sich hatte.

➔ Lies auf Seite 125 weiter.

Fridolin wandte sich nach rechts, um sich mehr von der Kuriositätensammlung anzuschauen. Direkt über sich entdeckte Fridolin ein Krokodil, das wie ein Gecko an der Decke saß und ihn von dort aus mit glasigen Augen zu beobachten schien. *Was für ein merkwürdiger Ort* …

»… hab ich ihm hundert Mal gesagt …«, hörte er seine Mutter von nebenan.

Konnte sie nicht endlich mal aufhören?! Als ob er ständig irgendetwas **KAPUTT** machen würde! Ja, vor ein paar Monaten war er im Haus schon einmal gegen eine Skulptur gelaufen und die war dann tatsächlich zerbrochen, aber die Dinger standen ja auch überall herum … und es war wirklich keine Absicht gewesen!

Fridolin ging weiter in den Raum hinein, um die Tiraden seiner Mutter nicht länger mit anhören zu müssen.

Plötzlich nahm er aus dem Augenwinkel eine Bewegung wahr. Fridolin zuckte zusammen und blieb stehen. Dann bemerkte er einen großen Spiegel in der Ecke. Erleichtert holte er Luft und schüttelte über sich selbst den Kopf. Er hatte sich vor seiner eigenen Reflexion erschreckt! Langsam näherte er sich seinem Spiegelbild.

»… man kann ihn nicht alleine lassen, er trägt so eine Zerstörungswut in sich …«

Fridolin ballte die Hände zu Fäusten. Seine Mutter übertrieb maßlos.

*Sie behandelt mich wie ein Baby*, sagte er im Stillen zu seinem Gegenüber. Dann fiel sein Blick auf das Schild am Rahmen. »Bitte nicht berühren« stand darauf.

»Aber nichts anfassen«, äffte Fridolin die Stimme seiner Mutter nach, »sonst zerspringt der Spiegel in tausend Stücke!« Er schnaubte und sah seinem Spiegelbild in die Augen. »Als ob gleich alles zerbricht, was ich anfasse.« Trotzig legte er eine Hand auf die Spiegelfläche. Daraufhin … geschah absolut gar nichts. **»WOW«,** sagte er mit gespielter Überraschung. »Was für ein Wunder! Es ist nichts passiert.«

Als Fridolin sich vom Spiegel abwenden wollte, hielt ihn plötzlich etwas am Arm fest und hinderte ihn daran, wegzugehen. Erstaunt stellte er fest, dass seine Hand immer noch auf dem Spiegel lag. Es fühlte sich an, als wäre sie festgeklebt … Mit einem kräftigen Ruck versuchte er loszukommen, doch sie löste sich nicht. Erschrocken blickte Fridolin sich um. Zum Glück war er nach wie vor alleine – aber wer wusste, wie lange noch?

Er musste ganz schnell seine Hand frei bekommen! Er wollte sich gar nicht erst ausmalen, was passierte, wenn seine Mutter ihn erwischte …

Mit prüfendem Blick beugte er sich vor. Der Spiegel schien fest an der Wand verankert zu sein. Der würde bestimmt nicht umkippen, wenn er ein wenig daran zog. Hoffte Fridolin zumindest. Also stemmte er einen Fuß gegen den unteren Teil des Rahmens, umschloss mit der rechten Hand das linke Handgelenk und stemmte sich mit aller Kraft dagegen.

Langsam, ganz langsam konnte Fridolin seine Handfläche lösen. Er holte tief Luft und zog noch einmal mit aller Kraft. Endlich gab der Spiegel seine Hand frei. Fridolin stolperte ein paar Schritte zurück, fing sich dann aber wieder. Bloß nirgends gegenrempeln und Lärm machen! Erleichtert atmete er aus. Das war je gerade noch mal gut gegangen.

Aber was um alles in der Welt war das gerade gewesen? Er besah sich seine Handfläche, die komisch kribbelte. Dabei entdeckte er etwas Glitzerndes an seinem Handgelenk. Es sah aus wie ein Armband – wo kam das denn her?

**»KRATZIGE KRÖTENKOTZE!«,** ließ eine Stimme ihn zusammenzucken.

Erschrocken machte Fridolin einen weiteren Schritt zurück. Vor ihm auf dem Boden saß eine spitzohrige Kreatur, die ihm gerade bis zu den Knien reichte und von Kopf bis Fuß grün war.

Das Wesen besah sich ebenfalls sein Handgelenk, um das ein glitzerndes Band geschnürt war. »Ey, sind wir etwa zusammengeknotet?«, fragte es entsetzt und zog daran.

Fridolin spürte einen Ruck an seinem Arm. »Nicht so laut«, flüsterte er und hob beschwichtigend die Hände. Er warf einen kurzen Blick zum Spiegel und sah gerade noch, wie ein kreisförmiges Wellenmuster auf der Spiegeloberfläche verschwand. Hatte er dieses Wesen da gerade rausgezogen?

»Nich' so laut – *was?*«, fragte das Wesen mit gerunzelter Stirn.

»Nicht so laut … bitte?«, sagte Fridolin.

»Ja, schon klar, aber *was?* **FLUCHEN, FURZEN, FADENZIEHEN?«** Das Wesen lachte grunzend über seinen eigenen Witz. »Kein Problem, Mensch, bin gleich wieder weg.« Es ging auf den Spiegel zu und schleppte Fridolin dabei an der glitzernden Fessel hinter sich her. Fridolin war noch immer so überrumpelt, dass er sich nicht wehrte. »Ich werde nämlich in meiner Dimension gebraucht.« Es legte die kleinen Hände an den Spiegel und drückte sich mit dem ganzen Körper dagegen. »Ey, was soll das?« Es holte Schwung, um hineinzuspringen, und knallte mit dem Kopf gegen die Spiegeloberfläche.

»Psssst!«, machte Fridolin und schaute besorgt zur Schiebetür.

»Ey, *du* hast mich da rausgezogen. Jetzt mach mal keinen Terror!«

»Bitte«, flehte Fridolin, »wenn uns jemand hört, krieg ich Megaärger!«

»Ach ja?«, erwiderte das Wesen. »Wenn *ich* nich' schnell genug zurück bin, kriegst du auch Megaärger – nämlich mit mir! Du bist schuld, also mach das wieder rückgängig, aber zackig!«

»Äh … ich weiß nicht wie.« Fridolin hob den linken Arm und betrachtete das glitzernde Band, das ihn an das Wesen fesselte. »Ich weiß doch gar nicht, was gerade passiert ist.«

Das Wesen deutete auf den Spiegel. Hat man dir nich' gesagt, dass man nich' alles angrabbeln soll? Lass mich mal raten, wo du deine Patschehändchen gerade hattest.«

»Oh, ach so … Das tut mir leid. Ich wusste ja nicht …« Fridolin zog die Augenbrauen zusammen. »Moment mal, wo hattest *du* denn gerade dein **PATSCHEHÄNDCHEN?**«

»*Ich?* Jetzt lenk mal nich' ab! Is' ja auch egal …« Das Wesen griff nach der Fessel und versuchte mit aller Kraft, sie zu zerreißen. Es bleckte vor Anstrengung die Zähne und kniff die Augen zusammen, während sich das Band in seine Handflächen grub. Erst als ein dumpfer Laut hinter ihm erklang, ließ es locker und schaute Fridolin verschämt an. »Oh, he, he … 'tschuldigung.«

Fridolin wischte sich mit der freien Hand übers Gesicht. »Okay, lass uns mal nachdenken … Wir müssen dieses

Ding hier«, er hob den linken Arm mit der Fessel, »loswerden – und zwar schnell *und* leise.«

»Da sagste was, Mensch.«

»Ich heiße übrigens Fridolin. Und du? Was *bist* du überhaupt?«

»Piärgilhodez. Hast du noch nie 'nen **GOBLIN** gesehen? Na ja, helle bist du nich' gerade, dann kann das ja kein so praller Plan sein, den du dir ausgedacht hast … aber ich höre.« Der Goblin stemmte die Hände in die Hüften und tappte ungeduldig mit der Fußspitze auf den Boden.

»Ähm, ich hab noch keinen Plan …«

Der Goblin stöhnte auf und warf die Hände in die Luft. »Ich wusste es! Alles muss man selber machen.« Dann stapfte er an Fridolin vorbei und zog ihn an der Fessel mit sich.

»Hey, warte mal … Piärgi… Piär… ähm … Kann ich dich Pierre nennen?«

Der Goblin blieb stehen und drehte sich um. »Geht klar, Frodolino. Wir haben keine Zeit zu verlieren.« Er streckte einen Zeigefinger in die Höhe.

»Okay, und … hast *du* einen Plan?«

»Glaubst du, ich zeige zum Spaß nach oben? Wenn jemand unser Problem lösen kann, dann er.«

Fridolin schaute an die Decke. Sie standen direkt unter dem Krokodil, dessen glasige Augen ihn immer noch zu beobachten schienen.

»Ey, du!«, rief Pierre zu dem ausgestopften Reptil.

»Pssssst«, machte Fridolin sofort.

»Ja, schon gut«, sagte Pierre etwas leiser. »Kroko! Hör auf, mich zu ignorieren. Ich rede mit dir!« Er wedelte heftig mit den Armen, sodass Fridolins Linke zum Mitwedeln gezwungen war. »Ich komm gleich hoch!«

Ein heiseres Lachen erklang. Fridolin erstarrte. War das Geräusch wirklich aus dem Rachen des Krokodils gekommen? Das gab es doch gar nicht … Wo war er nur hineingeraten? Fridolin wich automatisch einen Schritt zurück, musste aber stehen bleiben, weil Pierre sich nicht mitziehen ließ.

Die Kiefer des **KROKODILS** begannen sich zu bewegen, dann reckte es ihnen die Schnauze entgegen und sagte mit tiefer Stimme: »Tatsachen schafft man nicht dadurch aus der Welt, dass man sie ignoriert.«

»Na, dann kannste uns ja flott verraten, wie wir unser Problemchen hier lösen können.«

Das Krokodil legte den Kopf schief und schaute von einem zum anderen. »Ein alter Fuchs kennt die Falle, heißt ein Sprichwort – und ein altes Krokodil kennt die Spiegelfalle.«

»Ich glaub, du hast zu viele Glückskekse gefuttert! Kannste uns mal 'ne vernünftige Antwort geben?«

Wieder lachte das Krokodil. »Du weißt doch gar nicht, was

in Glückskeksen geschrieben steht, kleiner Goblin. Wenn du lesen könntest, wärst du jetzt ja wohl nicht hier.«

Empört drehte sich Pierre zu Fridolin um. »Ey, haste das gehört? Wie redet der denn mit mir?«

Fridolin hob hilflos die Schultern.

Das Krokodil sprach unbeirrt weiter. »Jìngzi verbindet die zwei, die ihn berühren. Deshalb hat Meister Oratio auf beiden Seiten einen Warnhinweis angebracht. Wie amüsant, dass ihr ihn zur selben Zeit ignoriert habt.«

Fridolin musterte den Goblin aus zusammengekniffenen Augen.

*Wir haben also* beide *Mist gebaut und wollten es vertuschen!*

»Von wegen, *meine* Schuld«, raunte er Pierre zu.

»Ich hab nich' gesagt, dass es nich' *meine* Schuld is' – aber es is' auf jeden Fall auch deine«, erklärte der Goblin.

Fridolin hob eine Augenbraue, wandte sich an das Krokodil und bat: »Kannst du uns einen Tipp geben, wie wir die Fessel loswerden?«

»Und mich wieder nach Hause bekommen?«, fügte Pierre schnell hinzu.

»Fragt Meister Oratio. Ich kenne mich mit den Details nicht aus.«

»Wer, zum dämlichen **DONNERDÄMON,** soll dieser Meister sein?«

»Der Besitzer des Ladens«, erklärte Fridolin seinem unfreiwilligen Begleiter. »Aber wir können ihn nicht fragen.«

*Es sei denn, ich will einen Kopf kürzer gemacht werden,* fügte er in Gedanken hinzu. *Damit hat der Goblin bestimmt kein Problem.*

»Wir brauchen die Antwort jetzt, Kroko!«

»Das ist nicht mein Problem«, sagte das Krokodil und drehte den Kopf in die Ausgangsposition zurück.

»Nich' dein …? Na warte«, murmelte Pierre. Er schnappte sich eines der Vogelskelette, die neben ihm auf dem Boden standen, und schleuderte es mit beiden Händen nach dem Krokodil. Allerdings bremste die Fessel seinen Schwung, sodass das Skelett mit **KLICKERNDEN KNOCHEN** auf dem Boden zerschellte.

»Spinnst du?«, raunte Fridolin und zog den Goblin an der Fessel zu sich. »Ich hab gesagt, ich krieg Ärger, wenn uns jemand hört – und solange wir aneinandergekettet sind, kriegst *du* genauso Ärger.«

»Is' ja gut«, gab Pierre unwirsch zurück.

Fridolin zuckte ratlos mit den Schultern. »Und was jetzt? Hast du noch eine andere Idee?« Er schob die Vogelknochen mit dem Fuß hinter das nächste Regal.

»Wenn Kroko uns nicht helfen will und dieser Meistertyp nicht infrage kommt, suchen wir uns halt wen anders, der Bescheid weiß.«

»Und wen?«

»Da vorne.« Pierre zeigte auf ein Nagetierskelett, das unter einem Glas auf einem Tisch stand. »Die Ratte unter der

Käseglocke scheint mir ein cleveres Kerlchen zu sein … Oder wir schauen, was da vorne drin ist.« Er deutete auf eine alte Truhe, die zwei Regale weiter stand, und ein Lächeln breitete sich auf seinem Gesicht aus. »Mein Gefühl sagt mir, dass es was Gutes ist.«

Fridolin überlegte rasch. Keiner der beiden Vorschläge erschien ihm sonderlich vielversprechend. Leider hatte er selbst keine bessere Idee …

»Okay, Fringolin, du Entscheidungsbombe, ich sag an!«, holte Pierre ihn aus seinen Gedanken zurück.

➔ Rattenskelett. Blättere auf Seite 27.
➔ Truhe. Lies weiter auf Seite 34.

*Was soll's*, dachte Fridolin und hob die Kugel mit beiden Händen vorsichtig aus dem Regal. Dann schüttelte er sie einmal kräftig. Die leuchtenden Buchstaben verschwammen und bildeten kurz darauf einen neuen Satz. Fridolin las: *Der Name enthält mindestens ein i.*

»Was für ein Name denn?«, murmelte Fridolin mit gerunzelter Stirn. Er schüttelte noch mal. Wieder wurde nach irgendeinem Namen gefragt. Den Spruch schüttelte er sofort wieder weg, doch dann tauchte nur der erste Satz wieder auf.

*Das blöde Ding ist kaputt,* dachte Fridolin. Er legte die Kugel schnell wieder zurück und sagte leise: »Ich war's nicht!«

→ Lies weiter auf Seite 16.

»Lass uns zum Rattenskelett gehen«, sagte Fridolin schnell.

»Eine gute Wahl.« Schon stürmte Pierre auf den Tisch mit dem Skelett zu, sodass Fridolin einfach mitgerissen wurde.

Kurz davor blieb der Goblin so abrupt stehen, dass Fridolin beinahe in ihn hineingerannt wäre. Erst jetzt fielen ihm die offenen Schmuckkästchen auf, die sich auf dem Tisch stapelten und mit Korallen, Krallen, Ketten, allerlei Schmuckstücken sowie mit spitzen Zähnen in verschiedensten Größen und Formen gefüllt waren. Eines der Kästchen trug die Bezeichnung **»VAMPIRZÄHNE«**.

Das konnten auch die Fangzähne einer Raubkatze sein, fand Fridolin und konzentrierte sich lieber auf das Rattenskelett. Dessen zarte Knochen waren mit feinem Draht fixiert, sodass das Skelett eine aufrechte Haltung einnahm. Die knöchernen Füße und der lange gebogene Schwanz waren mit Kleber am Boden befestigt, wie es aussah. Am Sockel der Glasglocke war ein Metallschild mit der Gravur »Jack the Rat« angebracht.

»Ich glaub nicht, dass die Ratte noch lebt«, sagte Fridolin.

Statt ihm eine Antwort zu geben, spürte Fridolin ein Zupfen an seinem Handgelenk. Das allerdings war unbeabsichtigt und nur die Folge seines Versuchs, das Tischbein hinaufzuklettern. Während der Goblin sich abmühte, schnaufte er: »Die tut doch nur so.«

»Soll ich dich hochheben?«, bot Fridolin an.

»Untersteh dich!«, gab Pierre patzig zurück. Mit einer Hand hatte er inzwischen die Tischplatte erreicht und zog sich nun stöhnend nach oben. Als er sich über die Kante gehievt hatte, fiel sein Blick als Erstes auf die Schmuckkästchen. »Oh, der Ring funkelt aber schön!«, sagte er begeistert. Dann schien er sich zu erinnern, warum er hier war: Er warf der Ratte einen grimmigen Blick zu und stapfte entschlossen bis zum Glas, das fast so hoch aufragte wie er selbst. »Hey, **RATTENGESICHT.**« Er klopfte gegen das Glas.

Nichts passierte.

»Ich glaube nicht, dass sie reden kann.«

Pierre sah Fridolin aus zusammengekniffenen Augen an. »Und *ich* glaube, dass es eine Menge Dinge gibt, die ihr Menschen nicht checkt – zum Beispiel, wenn sich ein Wesen aus einer anderen Dimension tarnt, damit ihr es in Ruhe lasst. Und jetzt zu dir, Ratte.« Er griff in eines der Schmuckkästchen, zog einen langen, krummen »Vampirzahn« daraus hervor, und schlug ihn mit voller Wucht gegen das Glas.

»Bist du verrückt?«, zischte Fridolin und nahm ihm sofort

die Waffe ab, damit er nicht noch mehr Lärm machen konnte. Als er wieder zur Glasglocke sah, stellte er überrascht fest, dass sich das Skelett mit einem Mal an die Rückwand der Glocke drängte, wobei es eine seiner knöchernen Pfoten gegen den Brustkorb gedrückt hielt.

»Habt ihr mich erschreckt!«, erklang eine fiepsige Stimme aus dem Glas. »Ihr könnt mich doch nicht mit Gewalt aus meiner Meditation reißen!«

»Meditation? Was soll das denn sein?«, fragte Pierre.

»Das ist ein Zustand, in dem man die Außenwelt komplett ausblendet. Ich habe nämlich gerade über eine sehr schwierige Frage nachgedacht.«

»Ah, ich weiß«, sagte Fridolin. »So etwas wie: Wenn ein Baum umfällt und keiner in der Nähe ist, der ihn hören kann, macht er dann ein Geräusch?«

»Natürlich macht er ein Geräusch«, antwortete Pierre unwirsch. »Was gibt es da zu überlegen?«

Das Rattenskelett schüttelte den Kopf. »Sehe ich auch so. Wieso sollte der Baum kein Geräusch machen, nur weil keiner da ist? Nein, meine Frage ist ein Rätsel, das Meister Oratio mir gestellt hat. Ich meditiere schon seit Tagen darüber.«

»Wo du gerade eine Pause machst …« Pierre zeigte auf die Fessel an seinem Handgelenk. »Kannst du uns hierfür einen Tipp geben?«

Das Skelett trippelte zurück in die Mitte der Glocke. »Nein, ich muss erst meine Meditation beenden. Entschuldigt mich bitte.« Damit nahm es wieder seine ursprüngliche Haltung ein, aufrecht, mit Blick nach vorne, und erstarrte.

Pierre beugte sich vor und legte beide Hände an das Glas. »Ich kann dich kleine Ratte auch einfach –«

»Moment!«, fuhr Fridolin dazwischen. »Wie lautet das Rätsel?«

»Sag dem Goblin erst, er soll seine dreckigen Pfoten von meinem Zuhause nehmen«, sagte das Skelett mit einem Zittern in der Stimme.

»Sag der Ratte, sie kann ihre Knochen einzeln –«

Fridolin zog Pierre mit einem Ruck von der Glocke weg. »Hör auf! Weißt du, was das für einen Krach machen würde?«

»Schon gut.« Der Goblin hob demonstrativ die Hände, schaute das Skelett aber immer noch finster an.

»Danke, dass du dich um mein Wohlergehen sorgst, Mensch«, kam es vorwurfsvoll aus dem Glasgefäß. »Ich verrate dir das Rätsel – wenn ihr mich danach in Ruhe lasst, damit ich weitermeditieren kann. Einverstanden?«

»Einverstanden«, sagte Fridolin.

Pierre knurrte nur.

Das Skelett tat, als würde es tief Luft holen. Dann sagte es mit getragener Stimme: »›Ich sehe zehn Tiere und achtundzwanzig Beine. Wie viele Zweibeiner und wie viele Vierbeiner sehe ich?‹« Das Skelett drehte den Schädel zu Fridolin. »So, das war's. Einen schönen Tag noch.«

Pierre machte einen drohenden Schritt auf das Glas zu. »Ey, wegen so einem bescheuerten Rätsel willst du uns nich' helfen?«

Fridolin dachte bereits angestrengt nach. Wenn sie der Ratte halfen, würde sie im Gegenzug vielleicht ihnen helfen … *Wie lautet die Lösung?*

➔ Drei Zweibeiner und sieben Vierbeiner.
Spring auf Seite 76.

➔ Fünf Zweibeiner und fünf Vierbeiner.
Erfahre auf Seite 83, ob du richtigliegst.

➔ Sechs Zweibeiner und vier Vierbeiner.
Lies auf Seite 94 weiter.

»Wir gehen zum Vivarium«, entschied Fridolin.

»Na gut – aber zackig«, sagte Pierre und stürmte voran.

Fridolin ließ sich an Vitrinen mit ausgestopften Vögeln vorbeiziehen: bunte Papageien mit langen, gebogenen Schnäbeln, Eulen mit riesigen, starren Augen und große Vögel mit wuscheligem Federkleid und langen Hälsen. Auch hier standen wieder ein paar der **VOGELSKELETTE** herum. Von der Decke baumelten weitere sonderbare Exemplare mit ausgebreiteten Flügeln, aber ohne Beine, wie Fridolin verwundert feststellte.

Neben den Vitrinen stand ein Vivarium voller Grünpflanzen, das bis zur Decke reichte und die Umgebung in grelles Neonlicht tauchte.

Pierre drückte seine Nase am Glas platt. »Da is' nix drin«, sagte er und zog Fridolin weiter.

Weitere Glaskästen waren die Wand entlang aufgereiht. Sie waren nur halb so hoch wie das deckenhohe Vivarium und teilweise mit einem Tuch abgedeckt, unter dem Neonlicht hervordrang – eines davon war ebenfalls mit Wasser gefüllt, ein anderer Kasten war voller Erde, wie unter dem Tuch gerade noch zu erkennen war.

Da sämtliche Glaskästen ohne Abdeckung nur Pflanzen zu enthalten schienen, schlug Fridolin vor: »Lass uns unter den Tüchern nachsehen.«

➔ Die beiden sollen den mit Wasser gefüllten Glaskasten untersuchen? Gehe zur Seite 41.

➔ Der mit Erde gefüllte Glaskasten könnte wichtige Hinweise beinhalten. Lies auf Seite 58 weiter.

»Lass uns in die Truhe schauen«, sagte Fridolin schnell.

»Bin dafür!« Schon stürmte Pierre los.

Die Fessel spannte sich und Fridolin wurde mitgerissen, an Regalen, Tischen, Geweihen, die an der Wand hingen, und Schränken vorbei. Als sie die Truhe erreichten, stellte er fest, dass die Kuriositätensammlung größer war als gedacht: Zu seiner Rechten befand sich ein Durchgang in einen weiteren Raum, und hinter einem der Regale zu seiner Linken sah er eine schmale Wendeltreppe, die nach oben führte.

Plötzlich bemerkte er aus dem Augenwinkel eine Bewegung zwischen zwei Vitrinen. Doch als er hinsah, bekam er nur noch mit, wie ein **GOLDENER FLIMMER** durch die Luft rieselte und dann verschwand. Hatte er sich das eingebildet?

»Hast du das gesehen?«, fragte er mit rauer Stimme.

»Den funkelnden Ring vorhin in dem Schmuckkästchen?« Pierre drehte sich um und sah zurück zu einem der Tische, an denen sie vorbeigegangen waren.

»Nein, da vorne.« Fridolin zeigte in die andere Richtung, wo er das vermeintliche Flimmern zu sehen geglaubt hatte.

»Ach so, das«, meinte Pierre nur. »Ja, hab ich. Das war 'ne Fee. Zickige Biester.« Er legte eine Hand auf die alte Truhe und behauptete: »Da ist jemand drin.«

Fridolin stutzte. »Feen? Können die nicht Wünsche erfüllen?«

Pierre sah kurz von der Truhe auf und prustete los. »Würd ich nich' drauf wetten.«

*Schade*, dachte Fridolin und beschloss, nicht weiter nachzufragen. Die Fee hatte sich sowieso schon in Luft aufgelöst. Er konzentrierte sich stattdessen auf die Truhe.

Das Möbelstück war so groß, dass man locker zehn Basketbälle hineinbekommen hätte. *Oder sechs Goblins,* dachte Fridolin. Das dunkle Holz war mit asiatischen Schriftzeichen und verschnörkelten Zeichnungen von verschiedenen Tieren verziert. »Woher weißt du, dass jemand da drin ist?«, fragte er.

»Merkt man doch. Du etwa nich'?« Bevor Fridolin antworten konnte, packte Pierre den Griff und wollte den Deckel schon aufstemmen –

**»STOPP!«,** raunte Fridolin und lehnte sich mit seinem gesamten Gewicht darauf.

»Ey, haste sie noch alle?«, fragte Pierre mit aufgerissenen Augen.

»Ja, hab ich. Hier ist ein Schild auf dem Deckel. Lass uns

erst mal lesen, was da steht, bevor wir irgendwelche Sachen öffnen … oder anfassen.« Er wedelte mit der Fessel an seinem Handgelenk. »Vielleicht steht ja was Sinnvolles drauf … wie ›Achtung, Lebensgefahr!‹.«

»Ey, dann mach aber hinne.« Pierre stemmte die Hände in die Hüften und tippte ungeduldig mit der Fußspitze auf den Boden.

Fridolin beugte sich über das Schild, das nachträglich angebracht worden sein musste, denn es war auf Deutsch und verdeckte einen Teil der kunstvollen Verzierungen. Leise las er vor:

*»Pein schaut drohend dir ins*
*Angesicht, bereit dafür bist du noch*
*Nicht. So wird er Ruh und Frieden bringen,*
*Der Truhenwächter*
*Aus Beijing* … ähm, und dann kommt noch irgendwas Chinesisches.« Fridolin kratzte sich am Kopf. Das hatte sie jetzt nicht wirklich weitergebracht – wobei »Pein« und »drohend« nicht sehr einladend klangen.

»Biste fertig?«, maulte Pierre gelangweilt. »Dann können wir ja.« Er riss den Deckel der Truhe mit so viel Schwung hoch, dass der gegen die Wand knallte.

Fridolin zuckte zusammen, konnte seinen Blick jedoch nicht vom Inneren abwenden.

Pierre stellte sich auf die Zehenspitzen und lugte über den Rand. **»WOOOOW, SKORPIONE …«,** flüsterte er ehrfürchtig.

»Ganz schön viele«, fügte Fridolin hinzu und wich etwas zurück.

In der Truhe wuselten Hunderte kleine, weiße Skorpione durcheinander. Es waren so viele, dass sie die Truhe zur Hälfte ausfüllten.

Als Pierre eine Hand nach ihnen ausstreckte, liefen die Krabbeltiere aufgeregt auseinander. »Ich tu euch nichts«, flötete er zuckersüß. »Kommt her, ihr Kleinen! Kommt zum Onkel Piärgilhodez.« Sein Kopf war jetzt fast vollständig in der Truhe verschwunden.

»Wir sind nicht so blöd, wie du aussiehst«, kam eine dünne Stimme aus der Tiefe.

»Was?!«, rief Pierre entrüstet und schlug mit der Faust gegen die Truhenwand.

»Hey, nicht so laut!«, erinnerte Fridolin ihn. Fasziniert betrachtete er die zahllosen krabbelnden Beinchen und die zum Angriff aufgestellten **STACHELN.**

»Wir wollen nur einen Tipp von euch, okay?«, sagte Pierre sanfter.

»Ja, schon klar.«

»Kannst du sonst wem erzählen.«

»Gammliger Goblin«, murmelten die Skorpione durcheinander.

Fridolin sah, wie eine Augenbraue des Goblins zu zucken begann.

Anscheinend bemühte Pierre sich aber, ruhig

zu bleiben, denn er sagte nur gefasst: »Könntet ihr mir vielleicht verraten, wie ich diese Fessel loswerde und wieder nach Hause komme?«

Ohne in ihren Bewegungen innezuhalten, warfen die Skorpione neugierige Blicke auf die glitzernde Fessel, die Pierre über die Truhe hielt.

»Ja, da war was …«

»Eindeutig ein Fall der Spiegelfalle.«

»Muss man da nicht Symbole aktivieren?«

»Stimmt! Irgendwas mit ›von wenig nach viel sortieren‹.«

»Ja, aber was war das noch mal: die Anzahl der Flügel, der Stachel, der Augen?«

»Keine Ahnung!«, diskutierten die Skorpione.

»Das ist ja sehr hilfreich«, meckerte Pierre.

»Das war schon mehr, als du verdient hast, Mampfmaschine!«, sagte einer der **SKORPIONE**, der sich weiter vorgewagt hatte als die anderen. »Und jetzt verzieh dich wieder, sonst …«

Pierre lachte verblüfft und sah mit einem Kopfschütteln zu Fridolin auf. »Haste das gehört? ›Sonst‹ hat er gesagt.« Sein Lachen erstarb. »Sonst *was?!*« Plötzlich schnellte er nach vorne, packte den mutigen Skorpion und ließ ihn in seinem Maul verschwinden.

Fridolin war so perplex, dass er sprachlos zuschaute, wie der Goblin genüsslich kaute.

»Nein!«

»Nicht Spikey!«

»Du Monster!«

»Auf ihn mit Gebrüll!«

Die Skorpione reckten ihre stachelbewehrten Hinterteile in die Höhe und stürmten die Wände der Truhe hinauf. Dabei kamen sie sich derart in die Quere, dass sie in Grüppchen wieder hinunterpurzelten, doch einige schafften es bis an den Rand.

Den ersten Angreifer fing Pierre lachend ab und verspeiste ihn ebenfalls, doch der zweite hüpfte auf seinen Arm und stach zu. »Autsch!«, rief Pierre und schlug um sich.

»Psssst, sei ruhig!«, ermahnte Fridolin ihn. Er hatte so viel Abstand zwischen sich und den Goblin gebracht, wie die Fessel es zuließ. Zum Glück hatten die Skorpione es nicht auf ihn abgesehen! Wenn Pierre doch nur leiser –

**»AAAAHHHH!«,** kreischte der Goblin, als er von mehreren Skorpionen gleichzeitig gestochen wurde.

Verzweifelt bemüht, Pierre zu helfen, machte Fridolin einen Satz nach vorne, packte den Deckel und schloss die Truhe. Der Goblin kämpfte derweil mit einer Handvoll Skorpione, die es herausgeschafft hatten, doch mit denen wurde er fertig. Die restlichen Tiere hörte Fridolin in der Truhe scharren.

Er sah sich um. Irgendwo musste es doch etwas zum Verschließen geben … Wenn er den Deckel losließ, befürchtete Fridolin, würden die Skorpione ihn aufdrücken und Pierre und ihm durch die Kuriositätensammlung folgen. Sein Blick fiel auf die Tierzeichnungen, die den Deckel zierten. Wie lautete der Spruch noch mal? Er sah sich das Schild erneut an:

*Pein schaut drohend dir ins*
*Angesicht, bereit dafür bist du noch*
*Nicht. So wird er Ruh und Frieden bringen,*
*Der Truhenwächter*
*Aus Beijing: Xióngmāo.*

Ruh und Frieden wären jetzt genau das Richtige … aber wer war der Truhenwächter? Konnte damit eine der Tierzeichnungen gemeint sein? Fridolin suchte die Truhe ab und fand:

→ Eine Schlange. Lies auf Seite 56 weiter.
→ Eine Fangschrecke. Blättere auf Seite 68.
→ Einen Tiger. Spring zur Seite 79.
→ Einen Affen. Gehe zur Seite 88.
→ Einen Kranich. Erfahre auf Seite 100, ob das die richtige Lösung ist.
→ Einen Panda. Weiter geht's auf Seite 108.

Pierre ging auf einen Glaskasten zu, dessen Boden mit Steinen bedeckt und der mit Wasser gefüllt war. Er griff nach dem Tuch, das über das Vivarium geworfen worden war, und zog mit einem kräftigen Ruck daran. Da es sich an einer Ecke des Glaskastens verhakt hatte, ließ es sich jedoch nicht runterziehen. Wütend verschränkte er die Arme und schnauzte Fridolin an: »**EY,** jetzt hilf mir doch mal!«

Fridolin presste die Lippen aufeinander, um nicht loszulachen, hob das Tuch über die Ecke und zog es mit einem Ruck zu sich. Noch bevor er etwas in dem grellen Neonlicht erkennen konnte, stieß Pierre einen Schrei aus und rief: »Deck's zu – schnell!« Sofort warf Fridolin das Tuch wieder über den Glaskasten und schaute Pierre erschrocken an.

Der Goblin war zurückgewichen, so weit es die Fessel zuließ, und starrte mit weit aufgerissenen Augen auf das unter dem Tuch verborgene Vivarium. Sein Brustkorb hob und senkte sich rasch.

»Was war denn?«, fragte Fridolin besorgt – nicht nur wegen des Goblins, sondern vor allem wegen dessen lautem Schrei. Wenn das jemand gehört hatte …

»Da … da war ein … ein …« Pierre zitterte am ganzen Körper und zeigte unter das Tuch. »Ein Arm!« Er zerrte an der Fessel, um noch mehr Abstand zwischen sich und das Vivarium zu bringen.

»Ganz ruhig«, sagte Fridolin und ging ein paar Schritte mit. Was hatte den Goblin so erschreckt? Er beugte sich vor, um unter das Tuch zu spähen. In dem schmalen Schlitz zwischen Steinschicht und Tuch sah er nur Wasser … und einen langen, dünnen Tentakel, der mit seinen Saugnäpfen plötzlich gegen die Scheibe knallte.

Fridolin zuckte zurück. Er räusperte sich, um seinen Schock zu verbergen. »Was auch immer es ist: Es kann da nicht raus.«

**»EKELHAFT!«** Pierre schüttelte sich. »Lass uns weitergehen«, hauchte er.

Sie liefen an weiteren Vivarien vorbei. Pierre achtete dabei auf so viel Abstand wie möglich.

Fridolin war froh, dass der Goblin endlich still war. »Sollen wir uns noch die übrigen Vivarien anschauen? Ich meine, *ich* kann ja unter die Tücher gucken.«

Pierre räusperte sich und stemmte die Hände in die Hüften. »Entscheide du mal – muss ja nich' immer alles ich regeln.«

Anscheinend fand der Goblin zu seiner alten Form zurück. *Das ging ja schnell*, dachte Fridolin. Aber er ließ es sich natürlich nicht nehmen, auch mal ohne großen Widerstand die Richtung zu bestimmen.

→ Fridolin entscheidet sich dafür, in ein anderes Vivarium zu schauen. Springe zur Seite 58.
→ Fridolin wählt die Geweihe an der Wand. Blättere zur Seite 44.

»Wir gehen zu den Geweihen«, entschied Fridolin.

»Na gut – dann aber zackig«, versuchte Pierre, das letzte Wort zu haben, und stürmte wieder voran.

Sie liefen an mehreren großen Standuhren vorbei, deren Pendel in unterschiedlichen Rhythmen hin- und herschwangen, sowie an einem Schwert mit bedrohlichen Zacken und verschnörkeltem Heft, das an der Wand hing. Es war aus dem Knochenfortsatz eines Schwertfischschädels gefertigt, wie ein Schild darunter verriet.

»Ein **SCHWERTFISCHSCHWERT**«, murmelte Fridolin bewundernd. Er hätte es sich gerne genauer angesehen, doch weil er wusste, dass es eilte, ließ er sich von dem Goblin weiterziehen.

Sie blieben schließlich vor einer etwa zwei Meter langen Vitrine stehen, die Fridolin bis zur Hüfte reichte. Darüber hingen vier imposante Geweihe, die in zwei Reihen direkt aus der Wand zu wachsen schienen. Als Fridolin sie sich genauer besah, stellte er fest, dass sie durchlöchert waren.

»Ähm … hallo?«, sagte Fridolin zaghaft.

Pierre sah zweifelnd zu ihm auf. »Was wird das jetzt?«

Fridolin hob die Schultern. »Mit dem Rattenskelett konnten wir ja auch reden.«

»Ja, aber hier sind nirgendwo Schädel dran, oder? Das ist reine Deko – sieht man doch.«

»Und jetzt?«

Pierre durchsuchte die Vitrine. »Die Ratte hat gesagt, wir sollen es *bei* den Geweihen versuchen, also ist hier bestimmt irgendwo … Oh, sieh mal!«

»Was?« Fridolin ging in die Hocke und blickte Pierre neugierig über die Schulter.

»Pssst, nicht so laut!«, äffte Pierre ihn nach.

Fridolin rollte mit den Augen.

»Eine mumifizierte Zitrone«, antwortete Pierre schließlich.

»Auf dem Schild steht ›Níngméng‹«, las Fridolin vor. »Und was sollen wir damit?«

Pierre wandte sich um und schaute ihn mit strahlenden Augen an. »Ich liebe Zitronen!« Dann griff er nach der Frucht und biss herzhaft hinein. Sofort verzog er angewidert das Gesicht.

»Sauer?«, fragte Fridolin schadenfroh.

»Uärgh, **KACKENDER KAKERLAKENKLOPS.**« Der Goblin spuckte den Zitronenbissen aus und schüttelte sich. »Ich glaub, die ist abgelaufen.«

»Die *mumifizierte* Zitrone ist abgelaufen? Meinst du echt?«, sagte Fridolin lachend. Auf einmal hörte er ein Geräusch, das von oben kam. Er richtete sich auf und lauschte. Wo war es hergekommen? Es klang wie ein Schaben … oder war es ein Kichern?

»Na ja, sonst seh ich hier nichts Interessantes. Die Ratte kann was erleben!« Pierre wandte der Vitrine den Rücken zu.

Wieder ertönte das Kichern. Es kam von den Geweihen.

»Warte mal«, sagte Fridolin und stellte sich auf die Zehenspitzen, um die Geweihe genauer zu betrachten. Da sah er, wie sich aus einem der Löcher ein langer, dünner Wurm schlängelte und sich ihm entgegenreckte. »Hallo«, versuchte Fridolin es noch einmal.

»Hi«, kam es mit fiepsiger Stimme zurück.

»Hey.«

»Jo.«

»Tach«, hörte er von den anderen drei Geweihen.

Aus allen vieren war ein Wurm herausgekrochen. Obwohl Fridolin keine Augen erkennen konnte, schien es ihm, als blickten sie ihn neugierig an.

»Oh nein«, knurrte Pierre. »Geweihwürmer. Lass uns verschwinden.«

»Hat der Goblin echt in die Zitrone gebissen?«, wollte einer der Würmer wissen.

»Äh … ja«, sagte Fridolin.

Jetzt kicherten alle vier Würmer.

»Ey, lacht ihr etwa über mich?«, empörte sich Pierre.

»Könnt ihr uns zufällig mit der Spiegelfalle helfen?«, fragte Fridolin höflich.

»Vergiss es, Frodo. Die meisten Geweihwürmer lügen. Das ist nur Zeitverschwendung und ich muss endlich nach Hause!« Pierre zog an der Fessel.

»Was willst du wissen?«, fragte einer der Würmer mit dünnem Stimmchen.

Fridolin beugte sich zu Pierre hinunter und flüsterte: »Wenn Geweihwürmer lügen, können wir doch einfach fragen und dann das Gegenteil von dem machen, was sie antworten … oder?«

Pierre seufzte. »Nee, so einfach isses nich'. Das lernt jeder Goblin in der ersten Klasse: Geweihwürmer treten immer in Gruppen auf. Einer sagt die Wahrheit, alle anderen lügen. Es is' unmöglich herauszufinden, was von dem, was sie sagen, wahr is' und was nich'.«

»Hm, okay …« Fridolin richtete sich wieder auf und betrachtete nachdenklich die Würmer. Dann lächelte er und fragte: »Einer von euch hat gelacht, als der Goblin in die Zitrone gebissen hat. Wer war das?«

Alle vier Würmer kicherten.

Schließlich sagte der Wurm auf dem Geweih links unten: »Der über mir war's.«

Der Wurm links oben erwiderte: »Der rechts unter mir war's.«

Der beschuldigte Wurm rechts unten beschwerte sich: »Das ist gelogen!«

Der Wurm rechts oben meinte nur: »Ich war es nicht.«

»Siehste?«, sagte Pierre. »Aus denen kriegste nichts Vernünftiges raus. Jetzt lass uns weitergehen, ich hab keine Zeit mehr!« Er zog erneut an der Fessel.

Fridolin wich jedoch nicht zurück. Er lächelte die Würmer weiterhin an und fragte freundlich: »Was sind das für Symbole, die am Spiegel aktiviert werden müssen?«

Die Würmer antworteten in derselben Reihenfolge wie zuvor:

»Seestern.«

»Maulwurf.«

»Vogelspinne.«

»Muschel.«

»Prima, danke schön!« Fridolin nickte ihnen zu und ging an Pierre vorbei, der ihn nur anstarrte und dann von ihrer Fessel mitgezogen wurde.

»Ey, was war das?«, wollte der Goblin wissen. »Weißt du etwa, was davon stimmt?«

»Ja, weiß ich«, sagte Fridolin. »Aber wo die Symbole zu finden sind, wissen wir immer noch nicht. Wo sollen wir als Nächstes hin?«

»Was ist denn das richtige Symbol?«, beharrte Pierre auf einer Antwort.

»Schau mal, da vorne – dieser Kasten mit der Puppe. Da

steht ›Wahrheitsfinder‹ drauf. Cool!« Fridolin ging auf eine menschengroße Holzpuppe zu, die hinter einem Kasten saß und ihnen mit kugelrunden Augen entgegenblickte. Ein Arm lag auf dem Rand des Kastens, der andere schwebte darüber, als wollte die Puppe etwas daraus hervorziehen.

»Ey, dass wir das nur im Team lösen können, haste noch nich' geschnallt, oder?«, fragte Pierre, der sich unwillig hinterherziehen ließ.

»Schön, dass dir das auch schon auffällt«, erwiderte Fridolin.

»Du musst mir nich' sagen, welches Symbol das richtige is'. Das weiß ich nämlich selbst.«

»Ach ja?« Fridolin zog eine Augenbraue hoch.

»Klar, ich bin nämlich mindestens so schlau wie du. Es is' …«

→ … der Seestern. Weiter geht's auf Seite 106.
→ … der Maulwurf. Lies auf Seite 115 weiter.
→ … die Vogelspinne. Blättere auf Seite 122.
→ … die Muschel. Auf Seite 133 erfährst du,
ob das die richtige Antwort ist.

»Wir gehen zu den Geweihen«, entschied Fridolin.

»Na gut – dann aber zackig«, versuchte Pierre, das letzte Wort zu haben, und stürmte wieder voran.

Sie liefen an mehreren großen Standuhren vorbei, deren Pendel in unterschiedlichen Rhythmen hin- und herschwangen, und blieben schließlich vor einer etwa zwei Meter langen Vitrine stehen, die Fridolin bis zur Hüfte reichte. Darüber hingen vier imposante Geweihe, die in zwei Reihen direkt aus der Wand zu wachsen schienen. Als Fridolin sie sich genauer besah, stellte er fest, dass sie durchlöchert waren.

»Ähm … hallo?«, sagte Fridolin zaghaft.

Pierre sah zweifelnd zu ihm auf. »Was wird das jetzt?«

Fridolin hob die Schultern. »War nur ein Versuch.«

»Das ist reine Deko – sieht man doch.«

»Und jetzt?«

Pierre durchsuchte die Vitrine. »Oh, sieh mal!«

»Was?« Fridolin ging in die Hocke und blickte Pierre neugierig über die Schulter.

»Pssst, nicht so laut!«, äffte Pierre ihn nach.

Fridolin rollte mit den Augen.

»Eine mumifizierte Zitrone«, antwortete Pierre schließlich.

»Auf dem Schild steht ›Níngméng‹«, las Fridolin vor. »Und was sollen wir damit?«

Pierre wandte sich um und schaute ihn mit strahlenden Augen an. »Ich liebe Zitronen!« Er griff nach der Frucht und wollte gerade hineinbeißen, als etwas anderes seine Aufmerksamkeit erregte. »Ey, guck mal! Lüg-Steine haben sie hier auch!«

»Was für Steine?«, fragte Fridolin.

Pierre ließ die **MUMIFIZIERTE ZITRONE** fallen und zog ein langes, schmales Kästchen aus der Vitrine hervor. Dort waren vier Edelsteine nebeneinander auf ein weiches Samtkissen gebettet, das außerdem noch eine leere Delle vorwies – dort schien ein Edelstein zu fehlen.

»Lüg-Steine«, wiederholte Pierre. »Damit hab ich als Kind gespielt. Du stellst ihnen Fragen, aber es gibt Steine, die immer lügen, und Steine, die immer die Wahrheit sagen – und du weißt nie, welchen du erwischst.« Er kicherte und stellte das Kästchen wieder zurück.

»Wir könnten sie doch nach diesen Symbolen fragen, die man aktivieren muss, oder?«, schlug Fridolin vor.

»Haste nich' zugehört? Du weißt nie, welche Steine lügen. Reine Zeitverschwendung!«

»Ach, hier seid ihr!«, erklang plötzlich eine rauchige Stimme neben Fridolins Kopf.

Dieser zuckte zusammen und befürchtete im ersten Moment, Herr Oratio hätte sie erwischt. Doch es war nur ein weiterer Edelstein, der sich mit dünnen Beinchen an einem Faden von der Vitrinendecke abseilte.

»Hab euch schon gesucht wie blöde.« Mit diesen Worten ließ er sich neben das Kästchen fallen und kletterte flink hinein. Er blieb neben dem zweiten Stein von links stehen und tippte ihn an. »Das mein Platz, runter da.«

»Ja, **SORRY,** Mann«, kam von dem Stein. Er erhob sich und trippelte mit seinen langen Beinen zu der leeren Stelle auf dem Kissen, sodass der andere Stein sich auf seinem Platz niederlassen konnte.

Seine Beinchen versteckte er wie die anderen unter seinem Edelsteinkörper, doch dafür schaute nun ein kleines schwarzes Köpfchen drunter hervor. Es schaute erst Fridolin, dann Pierre an. »Können wir etwas für euch tun?«

»Nee, keine Zeit«, meinte Pierre.

Doch Fridolin hob seinen Arm mit der Fessel und sagte: »Wisst ihr zufällig, welche Symbole man aktivieren muss, um diese Fessel hier zu lösen?«

»Vielleicht«, antwortete der Stein und die anderen begannen, sich auf ihren Plätzen zu regen.

Sie steckten nun ebenfalls ihre **KÖPFCHEN** hervor und der Stein ganz links sagte mit heiserer Stimme: »Frag uns danach!«

»Welche Symbole muss man aktivieren, um die Fessel der Spiegelfalle zu lösen?«

Pierre stöhnte. »Du kannst echt nich' hören, oder?«

Der erste Stein antwortete: »Seestern.«

Der zweite Stein antwortete: »Muschel.«

Der dritte Stein antwortete: »Maulwurf.«

Der vierte Stein antwortete: »Vogelspinne.«

Der fünfte Stein antwortete: »Amor.«

Dann kicherten sie und klatschen mit ihren Beinchen ihren Nebenmann ab.

»Siehste«, kam es genervt von Pierre. »Hilft uns null weiter. Kann stimmen, kann aber auch alles gelogen sein.«

»Moment, ich habe noch eine Frage: Wie viele Steine von euch fünf lügen?«

Die Steinwesen murmelten und tauschten Blicke aus. Dann antworteten sie wieder in derselben Reihenfolge:

»Ein Stein lügt.«

»Zwei Steine lügen.«

»Drei Steine lügen.«

»Vier Steine lügen.«

»Fünf Steine lügen.«

»Prima, danke schön!« Fridolin nickte ihnen zu, erhob sich und ging an Pierre vorbei, der ihn nur anstarrte und dann von ihrer Fessel mitgezogen wurde.

»Ey, was war das?«, wollte der Goblin wissen. »Weißt du etwa, was davon stimmt?«

»Ja, weiß ich«, sagte Fridolin. »Aber wo die Symbole zu finden sind, wissen wir immer noch nicht. Wo sollen wir als Nächstes hin?«

»Was sind denn jetzt die richtigen Symbole?«, beharrte Pierre auf einer Antwort.

»Schau mal, da vorne – dieser Kasten mit der Puppe. Da steht ›WAHRHEITSFINDER‹ drauf. Cool!« Fridolin ging auf eine menschengroße Holzpuppe zu, die hinter einem Kasten saß und ihnen mit kugelrunden Augen entgegenblickte. Ein Arm lag auf dem Rand des Kastens, der andere schwebte darüber, als wollte die Puppe etwas daraus hervorziehen.

»Ey, dass wir das nur im Team lösen können, haste noch nich' geschnallt, oder?«, fragte Pierre, der sich unwillig hinterherziehen ließ.

»Schön, dass dir das auch schon auffällt«, erwiderte Fridolin.

»Du musst mir nich' sagen, welche Symbole die richtigen sind. Das weiß ich nämlich selbst.«

»Ach ja?« Fridolin zog eine Augenbraue hoch.

»Klar, ich bin nämlich mindestens so schlau wie du.«

»Nur einer der Begriffe war richtig.«

»Pfff, ich weiß. Hab ich schon geschnallt. Und zwar …«


→ … der Seestern. Auf Seite 107 erfährst du, ob du richtigliegst.

→ … die Muschel. Blättere auf Seite 134.

→ … der Maulwurf. Lies auf Seite 116 weiter.

→ … die Vogelspinne. Weiter geht's auf Seite 129.

→ … der Amor. Spring zur Seite 121.

Konnte die Schlange der Truhenwächter sein? Er legte eine Hand auf die Verzierung, doch es passierte nichts. Was hatte er auch erwartet?

Irgendwie musste er diese Truhe doch aber verschließen können! Vielleicht war es ja eines der anderen Tiere …

»Halt sie mir bloß vom Leib!«, rief Pierre, der so wild mit den Armen fuchtelte, dass die Fessel ständig an Fridolins Handgelenk zerrte.

**»AUTSCH!«** Er musste den Goblin unbedingt zum Schweigen bringen, bevor seine Mutter ihn hörte … Noch einmal überflog Fridolin die Zeilen auf dem Schild:

*Pein schaut drohend dir ins*
*Angesicht, bereit dafür bist du noch*
*Nicht. So wird er Ruh und Frieden bringen,*
*Der Truhenwächter*
*Aus Beijing: Xióngmão.*

Wer oder was war *Xióngmāo*? Versteckte sich in den Zeilen vielleicht ein weiterer Hinweis? Dieses Mal entscheidet sich Fridolin für …

➔ … die Fangschrecke. Spring zur Seite 68.
➔ … den Tiger. Lies auf Seite 79 weiter.
➔ … den Affen. Erfahre auf Seite 88, ob du richtigliegst.
➔ … den Kranich. Weiter geht's auf Seite 100.
➔ … den Panda. Auf Seite 108 geht es weiter.

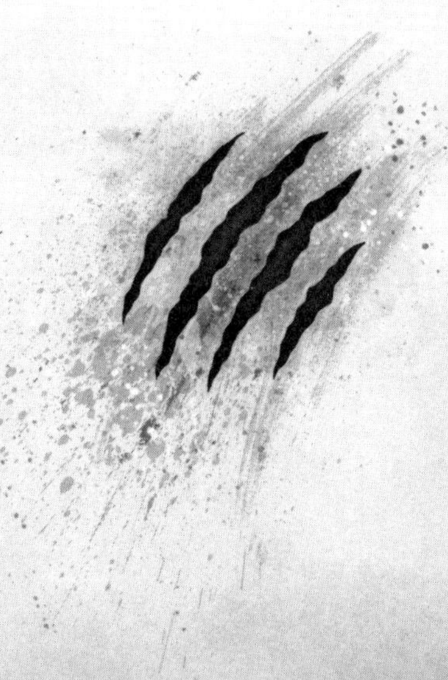

Sie gingen auf den Glaskasten zu, bei dem man sehen konnte, dass er mit Erde gefüllt war. Fridolin griff nach dem Tuch, das über das Vivarium geworfen worden war, und zog mit einem kräftigen Ruck daran. Es segelte zu Boden und gab den Blick in den Glaskasten frei.

Er stutzte. »Da ist ja tatsächlich nur Erde drin.«

Pierre kratzte sich nachdenklich am Kinn und murmelte: »Das glaube ich nicht …« Dann tippte er auf ein kleines Schild, das knapp über seinem Kopf angebracht war. »Lies mal, was da steht.«

»Warum liest *du* mir das nicht einfach …? Ach, was soll's.« Fridolin hatte keine Lust, sich darüber zu streiten, und beugte sich zum Schild hinunter. »Huáng Shān, Gebirge in China«, las er ab. »Und wie hilft uns das jetzt weiter?«

»Totaler Blödsinn«, meldete sich eine heisere Stimme zu Wort.

Fridolin und Pierre tauschten einen Blick, dann starrten sie durch die Scheibe.

»Sprechende Erde?«, flüsterte Fridolin. Er hatte in den letzten Minuten einiges gesehen, was er niemals für möglich gehalten hatte, aber das …

»Ey, du bist so eine **BEKNACKTE BISONBIRNE!**« Pierre kicherte grunzend. »Komm raus und zeig dich, sonst …«

»Schon gut, schon gut«, sagte die heisere Stimme und ein kleiner Hügel bildete sich in der Erde. Kurz darauf wühlten sich zwei kräftige, bekrallte Schaufelhände nach oben, gefolgt von einem dunklen, plumpen Maulwurfkopf. Weiter kam das Wesen zwar nicht aus der Erde heraus, aber Fridolin schätzte, dass es höchstens so groß wie seine Hand war.

»Ey, was hat der denn für ’ne komische Nase?«, entfuhr es Pierre.

Fridolin sagte gar nichts. Verblüfft betrachtete er das rosa Näschen, das rings um die Nasenlöcher kleine Tentakel zu haben schien, die sich beim Schnuppern in ihre Richtung streckten.

»Wieso, was ist mit meiner Nase?«, fragte das Wesen.

»Riechst du oder tastest du damit?«

»Beides. Sehen eure Nasen anders aus?«

Automatisch fasste sich Fridolin an die Nase. *Ist das Glas von innen verspiegelt?*, überlegte er. »Äh, ja … Kannst du uns durch die Scheibe nicht sehen?«

»Schon mal den Spruch ›blind wie

ein Maulwurf‹ gehört? Das bin ich. Also zumindest so gut wie blind.«

»Du bist ein Maulwurf?«, fragte Fridolin und fügte in Gedanken hinzu: *Aus welcher Dimension?*

»**EY,** is' doch klar«, meinte Pierre. »Ein chinesischer Maulwurf.«

»Genau genommen bin ich ein Sternmull, und komme aus Kanada.«

»Aber auf dem Schild hier steht –«, fing Pierre an.

Der Sternmull unterbrach ihn. »Sag ich doch: totaler Blödsinn. Keine Ahnung, was vor mir hier drin war. Vielleicht ist ja auch der Kasten aus China … Aber jetzt gibt es Wichtigeres: Ich habe nämlich eine Frage an euch.«

»Ähm, wir haben auch eine Frage«, sagte Fridolin.

»Erst ich – hab's schließlich zuerst gesagt. Wie doll muss man gegen eine Glasscheibe schlagen, damit sie zerbricht?«

»Das lässt sich leicht rausfinden«, sagte Pierre und ballte die Hände zu Fäusten.

»Halt!« Fridolin zog den Goblin an der Fessel vom Glas weg. An den Sternmull gewandt fragte er: »Wieso willst du das wissen?«

»Ich frage für einen Freund.«

Fridolin fuhr sich durch die Haare und dachte nach. »Na ja, das kommt auf die Scheibe an. Diese hier sieht ziemlich dick aus. Keiner von uns könnte die einfach so zerschlagen – schon allein deswegen nicht, weil wir absolut keinen Krach machen dürfen!« Die letzten Worte hatte er an Pierre gerichtet, der ihn unschuldig anblinzelte.

»Okay«, sagte der Sternmull. »Ich bin dran.«

»**EY,** du spinnst wohl. *Wir* sind dran!«

»Ihr habt eure Frage gerade gestellt – nämlich, warum ich das wissen will –, und ich habe sie euch beantwortet. Hier also meine nächste Frage: Wie bekommt man *leise* ein Loch in Glas?«

Pierre kratzte sich am Kopf. »Wie groß muss das Loch sein?«

Fridolin stöhnte und hielt sich die Hand an die Stirn.

»Was denn?«, fragte Pierre.

»Du hast schon wieder eine Frage gestellt.«

»Oh.«

Der Sternmull breitete die Arme aus, was ungefähr seiner Körpergröße entsprach, und sagte: »So breit.«

»Okay, pass auf«, begann Pierre entschlossen. »Wir machen ein Loch in das Vivarium, das so breit ist, und du sagst uns, wie wir diese Fessel lösen können.«

»Abgemacht.« Der Sternmull nickte.

»Bist du verrückt?«, flüsterte Fridolin Pierre zu. »Wir dürfen nichts kaputt machen!«

»Klar, wir müssen nur leise sein – haste selbst gesagt.«

»Und wie, glaubst du, soll das gehen?«

Pierre nagte an seiner Unterlippe und ließ den Blick über

die Kuriositäten schweifen. »Damit!«, sagte er plötzlich aufgeregt und deutete auf …

➔ … den Diamantring. Blättere auf Seite 70.
➔ … die Öllampen aus Schildkrötenpanzer. Spring zur Seite 78.
➔ … den Hammer. Weiter geht's auf Seite 82.
➔ … den Fledermaus-Ultraschall. Auf Seite 86 erfährst du die Antwort.
➔ … das Reibeisen mit Haifischhaut. Lies auf Seite 92 weiter.
➔ … das Schwertfischschwert. Gehe zur Seite 99.
➔ … den Narwalzahn. Schlag Seite 104 auf.

Sie gingen auf den Glaskasten zu, bei dem man sehen konnte, dass er mit Erde gefüllt war. Fridolin griff nach dem Tuch, das über das Vivarium geworfen worden war, und zog mit einem kräftigen Ruck daran. Es segelte zu Boden und gab den Blick in den Glaskasten frei.

Er stutzte. »Da ist ja tatsächlich nur Erde drin.«

Pierre kratzte sich nachdenklich am Kinn und murmelte: »Das glaube ich nicht …« Dann tippte er auf ein kleines Schild, das knapp über seinem Kopf angebracht war. »Lies mal, was da steht.«

»Warum liest *du* mir das nicht einfach …? Ach, was soll's.« Fridolin hatte keine Lust, sich darüber zu streiten, und beugte sich zum Schild hinunter. »Huáng Shān, Gebirge in China«, las er ab. »Und wie hilft uns das jetzt weiter?«

»Totaler Blödsinn«, meldete sich eine heisere Stimme zu Wort.

Fridolin und Pierre tauschten einen Blick, dann starrten sie durch die Scheibe.

»Sprechende Erde?«, flüsterte Fridolin. Er hatte in den letzten Minuten einiges gesehen, was er niemals für möglich gehalten hatte, aber das …

»Ey, du bist so eine **BEKNACKTE BISONBIRNE!**« Pierre kicherte grunzend. »Komm raus und zeig dich, sonst …«

»Schon gut, schon gut«, sagte die heisere Stimme und ein kleiner Hügel bildete sich in der Erde. Kurz darauf wühlten sich zwei kräftige, bekrallte Schaufelhände nach oben, gefolgt von einem dunklen, plumpen Maulwurfkopf. Weiter kam das Wesen zwar nicht aus der Erde heraus, aber Fridolin schätzte, dass es höchstens so groß wie seine Hand war.

»**EY,** was hat der denn für 'ne komische Nase?«, entfuhr es Pierre.

Fridolin sagte gar nichts. Verblüfft betrachtete er das rosa Näschen, das rings um die Nasenlöcher kleine Tentakel zu haben schien, die sich beim Schnuppern in ihre Richtung streckten.

»Wieso, was ist mit meiner Nase?«, fragte das Wesen.

»Riechst du oder tastest du damit?«

»Beides. Sehen eure Nasen anders aus?«

Automatisch fasste sich Fridolin an die Nase. *Ist das Glas von innen verspiegelt?,* überlegte er. »Äh, ja … Kannst du uns durch die Scheibe nicht sehen?«

»Schon mal den Spruch ›blind wie ein Maulwurf‹ gehört? Das bin ich. Also zumindest so gut wie blind.«

»Du bist ein Maulwurf?«, fragte Fridolin und fügte in Gedanken hinzu: *Aus welcher Dimension?*

»Ey, is' doch klar«, meinte Pierre. »Ein chinesischer Maulwurf.«

»Genau genommen bin ich ein Sternmull, und komme aus Kanada.«

»Aber auf dem Schild hier steht –«, fing Pierre an.

Der Sternmull unterbrach ihn. »Sag ich doch: totaler Blödsinn. Keine Ahnung, was vor mir hier drin war. Vielleicht ist ja auch der Kasten aus China … Aber jetzt gibt es Wichtigeres: Ich habe nämlich eine Frage an euch.«

»Ähm, wir haben auch eine Frage«, sagte Fridolin.

»Erst ich – hab's schließlich zuerst gesagt. Wie doll muss man gegen eine Glasscheibe schlagen, damit sie zerbricht?«

»Das lässt sich leicht rausfinden«, sagte Pierre und ballte die Hände zu Fäusten.

»Halt!« Fridolin zog den **GOBLIN** an der Fessel vom Glas weg. An den Sternmull gewandt fragte er: »Wieso willst du das wissen?«

»Ich frage für einen Freund.«

Fridolin fuhr sich durch die Haare und dachte nach. »Na ja, das kommt auf die Scheibe an. Diese hier sieht ziemlich dick aus. Keiner von uns könnte die einfach so zerschlagen – schon allein deswegen nicht, weil wir absolut keinen Krach machen dürfen!« Die letzten Worte hatte er an Pierre gerichtet, der ihn unschuldig anblinzelte.

»Okay«, sagte der Sternmull. »Ich bin dran.«

»Ey, du spinnst wohl. *Wir* sind dran!«

»Ihr habt eure Frage gerade gestellt – nämlich, warum ich das wissen will –, und ich habe sie euch beantwortet. Hier also meine nächste Frage: Wie bekommt man *leise* ein Loch in Glas?«

Pierre kratzte sich am Kopf. »Wie groß muss das Loch sein?«

Fridolin stöhnte und hielt sich die Hand an die Stirn.

»Was denn?«, fragte Pierre.

»Du hast schon wieder eine Frage gestellt.«

»Oh.«

Der Sternmull breitete die Arme aus, was ungefähr seiner Körpergröße entsprach, und sagte: »So breit.«

»Okay, pass auf«, begann Pierre entschlossen. »Wir machen ein Loch in das Vivarium, das so breit ist, und du sagst uns, wie wir diese **FESSEL** lösen können.«

»Abgemacht.« Der Sternmull nickte.

»Bist du verrückt?«, flüsterte Fridolin Pierre zu. »Wir dürfen nichts kaputt machen!«

»Klar, wir müssen nur leise sein – haste selbst gesagt.«

»Und wie, glaubst du, soll das gehen?«

Pierre nagte an seiner Unterlippe und ließ den Blick über die Kuriositäten schweifen. »Damit!«, sagte er plötzlich aufgeregt und deutete auf …

→ … den Diamantring. Spring auf Seite 73.

→ … die Öllampen aus Schildkrötenpanzer. Gehe zur Seite 77.

→ … den Hammer. Auf Seite 81 erfährst du, ob du richtigliegst.

→ … den Fledermaus-Ultraschall. Weiter geht's auf Seite 84.

→ … das Reibeisen mit Haifischhaut. Blättere auf Seite 90.

→ … das Schwertfischschwert. Lies auf Seite 98 weiter.

→ … den Narwalzahn. Schlag Seite 102 auf.

Konnte die Fangschrecke der Truhenwächter sein? Er legte eine Hand auf die Verzierung, doch es passierte nichts. Was hatte er auch erwartet?

Irgendwie musste er diese Truhe doch aber verschließen können! Vielleicht war es ja eines der anderen Tiere …

»Halt sie mir bloß vom Leib!«, rief Pierre, der so wild mit den Armen fuchtelte, dass die Fessel ständig an Fridolins Handgelenk zerrte.

**»AUTSCH!«** Er musste den Goblin unbedingt zum Schweigen bringen, bevor seine Mutter ihn hörte … Noch einmal überflog Fridolin die Zeilen auf dem Schild:

*Pein schaut drohend dir ins*
*Angesicht, bereit dafür bist du noch*
*Nicht. So wird er Ruh und Frieden bringen,*
*Der Truhenwächter*
*Aus Beijing: Xióngmāo.*

Wer oder was war *Xióngmāo*? Versteckte sich in den Zeilen vielleicht ein weiterer Hinweis? Fridolin entscheidet sich für …

- → … die Schlange.
  Hüpfe zur Seite 56.
- → … den Tiger. Lies auf Seite 79 weiter.
- → … den Affen. Blättere zur Seite 88.
- → … den Kranich. Weiter geht's auf Seite 100.
- → … den Panda. Schlag Seite 108 auf.

»Wir sind vorhin an einem Tisch mit Schmuckkästchen vorbeigekommen. Da hat doch ein Ring gefunkelt«, erinnerte sich Pierre. »Das war bestimmt ein verfluchter Diamantring. Vielleicht können wir mit dem Fluch –«

»Wieso glaubst du, dass er verflucht ist?«, fragte Fridolin verwirrt.

»Warum sonst sollte der hier sein? Sieht das für dich wie ein Juwelierladen aus?«

Fridolin musste ihm recht geben. Manche Gegenstände in der Sammlung waren zwar filigran und verziert, aber sonderlich wertvoll kamen sie ihm nicht vor. Da fiel ihm plötzlich etwas ein: »Diamant ist das härteste natürliche Material, das es gibt.«

»Soll heißen?«

»Damit kann man Glas schneiden, glaube ich.«

»Echt?«

»Na ja, wenn die Scheibe dünn genug –«

»Sag das doch gleich! Worauf warten wir noch?« Pierre

rannte bereits los und zog Fridolin mit sich. Vor dem Tisch mit den Schmuckkästchen bremste er scharf ab, kletterte ächzend am Tischbein hoch und griff sich den Ring. Sofort drehte er um und gemeinsam hetzten sie zurück zum Sternmull. Vor dem Glaskasten kam Pierre keuchend zum Stehen und brach den Diamanten aus seiner Fassung.

»Wir sind wieder da«, sagte Fridolin zu dem Sternmull, der mit zuckender Nase in seinem Erdhügel hockte.

»Ich bin blind, nicht taub«, antwortete der heiser.

Pierre drückte die spitze Seite des **DIAMANTEN** knapp über der aufgehäuften Erde gegen das Glas und beschrieb damit langsam einen Kreis. Fridolin hielt den Atem an. Der Edelstein kratzte leise auf der Scheibe, aber sonst war nichts zu erkennen. Als Pierre den Kreis vollendet hatte, boxte er leicht gegen das Glasstück, das daraufhin mit einem leisen »Plopp« in das Vivarium fiel und auf der Erde landete.

»Wow, das war super!«, sagte Fridolin begeistert.

»Ich weiß!« Pierre strahlte.

Der Sternmull war mit einem Satz am Loch und tastete mit seiner sternförmigen Nase neugierig dessen Rand ab. »Nicht schlecht, nicht schlecht.«

»Jetzt bist du dran«, forderte Pierre ihn auf. »Was weißt du über diese Fessel?«

Der Sternmull hob die Nase und schnüffelte von Pierre zu Fridolin und wieder zurück. »Ihr müsst die drei Symbole kennen.«

»Welche drei Symbole?«, fragten Fridolin und Pierre im Chor.

»Ich weiß nur, dass der Maulwurf keins davon ist. Wir haben zwar zwei Augen, aber weil wir fast nichts sehen können, zählt das für die Spiegelfallenbauer wohl nicht.«

»Wieso – was hat das mit Augen zu tun?«, fragte Fridolin, doch wurde von Pierres »**EY**, das is' alles?« übertönt. Die Muskeln des Goblins spannten sich an und Fridolin sah, wie eines seiner Lider zuckte.

»Das ist alles«, sagte der Sternmull, landete mit einem Plumps auf dem Boden und war mit flinken Schritten schneller hinter dem nächsten Regal verschwunden, als Fridolin und Pierre gucken konnten.

»Du **RANZIGER REIHERRÜSSEL**, wenn ich dich erwische!«, rief Pierre und wollte dem Sternmull schon hinterherstürmen, doch Fridolin hielt ihn zurück und drückte ihm eine Hand auf den Mund. Pierre knurrte kurz, doch dann entspannte er sich wieder. Als Fridolin vorsichtig die Hand wegnahm, sagte der Goblin nur: »Wir haben doch keine Zeit! Wir brauchen mehr Infos!«

→ Lies auf Seite 50 weiter.

»Wir sind vorhin an einem Tisch mit Schmuckkästchen vorbeigekommen. Da hat was gefunkelt, hab ich genau gesehen«, erinnerte sich Pierre. »Das war bestimmt ein verfluchter Diamantring. Vielleicht können wir mit dem Fluch –«

»Wieso glaubst du, dass er verflucht ist?«, fragte Fridolin verwirrt.

»Warum sonst sollte der hier sein? Sieht das für dich wie ein Juwelierladen aus?«

Fridolin musste ihm recht geben. Manche Gegenstände in der Sammlung waren zwar filigran und verziert, aber sonderlich wertvoll kamen sie ihm nicht vor. Da fiel ihm plötzlich etwas ein: »Diamant ist das härteste natürliche Material, das es gibt.«

»Soll heißen?«

»Damit kann man Glas schneiden, glaube ich.«

»Echt?«

»Na ja, wenn die Scheibe dünn genug –«

»Sag das doch gleich! Worauf warten wir noch?« Pierre

rannte bereits los und zog Fridolin mit sich. Vor dem Tisch mit den Schmuckkästchen bremste er scharf ab, kletterte ächzend am Tischbein hoch und griff sich den Ring. Sofort drehte er um und gemeinsam hetzten sie zurück zum Sternmull. Vor dem Glaskasten kam Pierre keuchend zum Stehen und brach den Diamanten aus seiner Fassung.

»Wir sind wieder da«, sagte Fridolin zu dem Sternmull, der mit zuckender Nase in seinem Erdhügel hockte.

»Ich bin blind, nicht taub«, antwortete der heiser.

Pierre drückte die spitze Seite des Diamanten knapp über der aufgehäuften Erde gegen das Glas und beschrieb damit langsam einen Kreis. Fridolin hielt den Atem an. Der Edelstein kratzte leise auf der Scheibe, aber sonst war nichts zu erkennen. Als Pierre den Kreis vollendet hatte, boxte er leicht gegen das Glasstück, das daraufhin mit einem leisen **»PLOPP«** in das Vivarium fiel und auf der Erde landete.

»Wow, das war super!«, sagte Fridolin begeistert.

»Ich weiß!« Pierre strahlte.

Der Sternmull war mit einem Satz am Loch und tastete mit seiner sternförmigen Nase neugierig dessen Rand ab. »Nicht schlecht, nicht schlecht.«

»Jetzt bist du dran«, forderte Pierre ihn auf. »Was weißt du über diese Fessel?«

Der Sternmull hob die Nase und schnüffelte von Pierre zu Fridolin und wieder zurück. »Ihr müsst die drei Symbole kennen.«

»Welche drei Symbole?«, fragten Fridolin und Pierre im Chor.

»Ich weiß nur, dass der Maulwurf keins davon ist. Wir haben zwar zwei Augen, aber weil wir fast nichts sehen können, zählt das für die Spiegelfallenbauer wohl nicht.«

»Wieso – was hat das mit Augen zu tun?«, fragte Fridolin, doch wurde von Pierres »Ey, das is' alles?« übertönt. Die Muskeln des Goblins spannten sich an und Fridolin sah, wie eines seiner Lider zuckte.

»Das ist alles«, sagte der Sternmull, landete mit einem Plumps auf dem Boden und war mit flinken Schritten schneller hinter dem nächsten Regal verschwunden, als Fridolin und Pierre gucken konnten.

»Du **RANZIGER REIHERRÜSSEL,** wenn ich dich erwische!«, rief Pierre und wollte dem Sternmull schon hinterherstürmen, doch Fridolin hielt ihn zurück und drückte ihm eine Hand auf den Mund. Pierre knurrte kurz, doch dann entspannte er sich wieder. Als Fridolin vorsichtig die Hand wegnahm, sagte der Goblin nur: »Wir brauchen mehr Infos! Lass uns mit diesem Magneten zu der Skulptur gehen und mit ihr reden.«

Fridolin schluckte. »Ich glaube, bei den Geweihen da vorne finden wir bessere Hinweise …«

→ Lies auf Seite 210 weiter.

»Ich sehe drei Zweibeiner und sieben Vierbeiner«, sagte Fridolin.

»Hä?«, machte Pierre und sah sich um. »Wovon redest du?«

Das Skelett schüttelte den Kopf. »Nee, so weit war ich auch schon. Das stimmt nicht, sagt Meister Oratio. Jetzt entschuldigt mich, ich muss weitermeditieren.«

Fridolin dachte noch einmal scharf nach und entschied sich für …

➔ … fünf Zweibeiner und fünf Vierbeiner.
Lies auf Seite 83 weiter.

➔ … sechs Zweibeiner und vier Vierbeiner.
Blättere auf Seite 94.

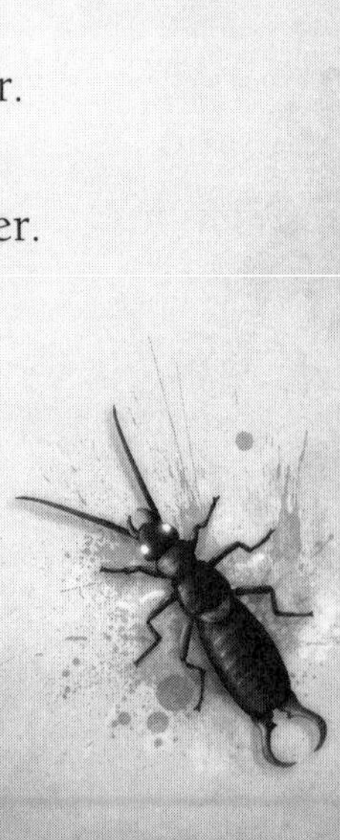

»Die Öllampen aus Schildkrötenpanzern da vorne auf dem Tisch! Wir können damit das Glas schmelzen«, schlug Pierre vor.

»Erstens glaube ich nicht, dass Glas so einfach schmilzt, und zweitens haben wir kein Feuerzeug«, sagte Fridolin.

Pierre knurrte, ließ aber nicht locker.


→ »Diamantring!« Lies weiter auf Seite 73.
→ »Hammer!« Hüpf zur Seite 81.
→ »Fledermaus-Ultraschall!« Auf Seite 84 erfährst du, ob du richtigliegst.
→ »Reibeisen mit Haifischhaut!« Seite 90 bringt vielleicht Erleuchtung.
→ »Schwertfischschwert!« Springe zur Seite 98.
→ »Narwalzahn!« Blättere auf Seite 102.

»Die Öllampen aus Schildkrötenpanzern da vorne auf dem Tisch! Wir können damit das Glas schmelzen«, schlug Pierre vor.

»Erstens glaube ich nicht, dass Glas so einfach schmilzt, und zweitens haben wir kein Feuerzeug«, sagte Fridolin.

Pierre knurrte, ließ aber nicht locker.

➔ »Diamantring!« Lies weiter auf Seite 70.
➔ »Hammer!« Hüpf zur Seite 82.
➔ »Fledermaus-Ultraschall!« Auf Seite 86 erfährst du, ob du richtigliegst.
➔ »Reibeisen mit Haifischhaut!« Seite 92 bringt vielleicht Erleuchtung.
➔ »Schwertfischschwert!« Springe zur Seite 99.
➔ »Narwalzahn!« Blättere auf Seite 104.

Konnte der Tiger der Truhenwächter sein? Er legte eine Hand auf die Verzierung, doch es passierte nichts. Was hatte er auch erwartet?

Irgendwie musste er diese Truhe doch aber verschließen können! Vielleicht war es ja eines der anderen Tiere …

»Halt sie mir bloß vom Leib!«, rief Pierre, der so wild mit den Armen fuchtelte, dass die Fessel ständig an Fridolins Handgelenk zerrte.

**»AUTSCH!«** Er musste den Goblin unbedingt zum Schweigen bringen, bevor seine Mutter ihn hörte … Noch einmal überflog er die Zeilen auf dem Schild:

*Pein schaut drohend dir ins*
*Angesicht, bereit dafür bist du noch*
*Nicht. So wird er Ruh und Frieden bringen,*
*Der Truhenwächter*
*Aus Beijing: Xióngmāo.*

Wer oder was war *Xióngmāo*? Versteckte sich in den Zeilen vielleicht ein weiterer Hinweis? Fridolin entscheidet sich für …

→ … die Schlange. Hüpfe zur Seite 56.
→ … die Fangschrecke. Lies auf Seite 68 weiter.
→ … den Affen. Blättere zur Seite 88.
→ … den Kranich. Weiter geht's auf Seite 100.
→ … den Panda. Schlag Seite 108 auf.

»Der edelsteinverzierte Hammer da vorne in der Vitrine! Damit können wir das Glas –« Pierre unterbrach sich. »Ach nee, das is' zu laut – vergiss es. Wir nehmen was anderes.«


→ »Diamantring!« Lies weiter auf Seite 73.

→ »Öllampen aus Schildkrötenpanzer!« Hüpf zur Seite 77.

→ »Fledermaus-Ultraschall!« Auf Seite 84 erfährst du, ob du richtigliegst.

→ »Reibeisen mit Haifischhaut!« Seite 90 bringt vielleicht Erleuchtung.

→ »Schwertfischschwert!« Springe zur Seite 98.

→ »Narwalzahn!« Blättere auf die Seite 102.

»Der edelsteinverzierte Hammer da vorne in der Vitrine! Damit können wir das Glas –« Pierre unterbrach sich. »Ach nee, das is' zu laut – vergiss es. Wir nehmen was anderes.«


➔ »Diamantring!« Lies weiter auf Seite 70.

➔ »Öllampen aus Schildkrötenpanzer!« Hüpf zur Seite 78.

➔ »Fledermaus-Ultraschall!« Auf Seite 86 erfährst du, ob du richtigliegst.

➔ »Reibeisen mit Haifischhaut!« Seite 92 bringt vielleicht Erleuchtung.

➔ »Schwertfischschwert!« Springe zur Seite 99.

➔ »Narwalzahn!« Blättere auf die Seite 104.

»Ich sehe fünf Zweibeiner und fünf Vierbeiner«, sagte Fridolin.

Pierre stutzte und versuchte, mithilfe seiner Finger nachzuzählen.

Das Skelett verschränkte die Arme vor der Brust. »Ihr seid wirklich keine Hilfe … Jetzt geht bitte, ich muss weitermeditieren.«

»Moment!«, sagte Fridolin. »Ich hab's gleich.«

➔ Die richtige Antwort ist drei Zweibeiner und sieben Vierbeiner? Dann blättere auf Seite 76.

➔ Du glaubst, sechs Zweibeiner und vier Vierbeiner ist richtig? Schnell, schaue auf Seite 94 nach, ob das korrekt ist.

»Das da vorne. Sieht das nicht aus wie ein Fledermausbrutkasten?« Pierre zeigte auf etwas, das ganz oben an der Wand hing. »Wir könnten die Scheibe mit Fledermaus-Ultraschall zum Vibrieren bringen und –«

Fridolin unterbrach ihn: »Ich weiß ja nicht, was für Fledermäuse ihr in eurer Dimension habt, aber hier klappt das ganz sicher nicht.« Mit einem skeptischen Blick auf den Kasten fügte er in Gedanken hinzu: *Ich glaube kaum, dass Herr Oratio hier lebendige Fledermäuse hält und brüten lässt. Aber was weiß ich schon.*

»Oh, okay …« Pierre kratzte sich am Kopf und hielt weiter Ausschau nach etwas Brauchbarem.

➔ »Diamantring!« Lies weiter auf Seite 73.
➔ »Öllampen aus Schildkrötenpanzer!«
Hüpf zur Seite 77.
➔ »Hammer!« Auf Seite 81 erfährst du,
ob du richtigliegst.

→ »Reibeisen mit Haifischhaut!« Seite 90 bringt vielleicht Erleuchtung.

→ »Schwertfischschwert!« Springe zur Seite 98.

→ »Narwalzahn!« Blättere auf die Seite 102.

»Das da vorne. Sieht das nicht aus wie ein Fledermausbrutkasten?« Pierre zeigte auf etwas, das ganz oben an der Wand hing. »Wir könnten die Scheibe mit Fledermaus-Ultraschall zum Vibrieren bringen und –«

Fridolin unterbrach ihn: »Ich weiß ja nicht, was für Fledermäuse ihr in eurer Dimension habt, aber hier klappt das ganz sicher nicht.« Mit einem skeptischen Blick auf den Kasten fügte er in Gedanken hinzu: *Ich glaube kaum, dass Herr Oratio hier lebendige Fledermäuse hält und brüten lässt. Aber was weiß ich schon.*

»Oh, okay …« Pierre kratzte sich am Kopf und hielt weiter Ausschau nach etwas Brauchbarem.

→ »Diamantring!« Lies weiter auf Seite 70.
→ »Öllampen aus Schildkrötenpanzer!« Hüpf zur Seite 78.
→ »Hammer!« Auf Seite 82 erfährst du, ob du richtigliegst.

→ »Reibeisen mit Haifischhaut!« Seite 92 bringt vielleicht Erleuchtung.
→ »Schwertfischschwert!« Springe zur Seite 99.
→ »Narwalzahn!« Blättere auf die Seite 104.

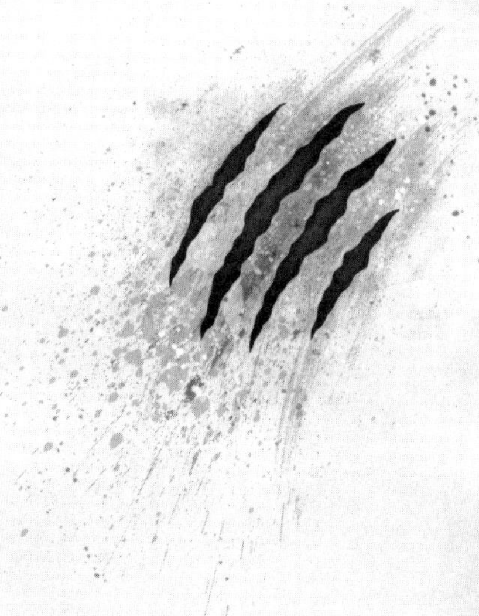

Konnte der Affe der Truhenwächter sein? Er legte eine Hand auf die Verzierung, doch es passierte nichts. Was hatte er auch erwartet?

Irgendwie musste er diese Truhe doch aber verschließen können! Vielleicht war es ja eines der anderen Tiere …

»Halt sie mir bloß vom Leib!«, rief Pierre, der so wild mit den Armen fuchtelte, dass die Fessel ständig an Fridolins Handgelenk zerrte.

**»AUTSCH!«** Er musste den Goblin unbedingt zum Schweigen bringen, bevor seine Mutter ihn hörte … Noch einmal überflog er die Zeilen auf dem Schild:

*Pein schaut drohend dir ins*
*Angesicht, bereit dafür bist du noch*
*Nicht. So wird er Ruh und Frieden bringen,*
*Der Truhenwächter*
*Aus Beijing: Xióngmāo.*

Wer oder was war *Xióngmāo*? Versteckte sich in den Zeilen vielleicht ein weiterer Hinweis? Fridolin entscheidet sich für …


➔ … die Schlange. Hüpfe zur Seite 56.
➔ … die Fangschrecke. Lies auf Seite 68.
➔ … den Tiger. Blättere zur Seite 79.
➔ … den Kranich. Weiter geht's auf Seite 100.
➔ … den Panda. Schlag Seite 108 auf.

»Die ausgestopften Haie, die über uns baumeln«, schlug Pierre vor und zeigte an die Decke.

Über ihnen schwebten mehrere große Fische in der Luft. Anders als das Krokodil, das sie von diesem Teil des Raums aus nicht sehen konnten, weil ein Regal die Sicht versperrte, hingen die Fische richtig herum an langen Drähten. Fridolins Blick wanderte von ihren hakenförmigen Schwanzflossen zu den beeindruckenden Gebissen.

»Deren Haut ist so rau, dass wir sie als Reibeisen benutzen können!«, erklärte Pierre.

»Ich glaube weder, dass wir die Haie da runterbekommen, noch, dass wir das Glas mit der Haut aufreiben können«, sagte Fridolin. Im Stillen fügte er hinzu: *Obwohl das ziemlich cool wäre …*

Pierre stöhnte und sah sich weiter um.

→ »Diamantring!« Lies weiter auf Seite 73.
→ »Öllampen aus Schildkrötenpanzer!« Hüpf zur Seite 77.

→ »Hammer!« Auf Seite 81 erfährst du, ob du richtigliegst.

→ »Fledermaus-Ultraschall!« Seite 84 bringt vielleicht Erleuchtung.

→ »Schwertfischschwert!« Springe zur Seite 98

→ »Narwalzahn!« Blättere auf die Seite 102.

»Die ausgestopften Haie, die über uns baumeln«, schlug Pierre vor und zeigte an die Decke.

Über ihnen schwebten mehrere große Fische in der Luft. Anders als das Krokodil, das sie von diesem Teil des Raums aus nicht sehen konnten, weil ein Regal die Sicht versperrte, hingen die Fische richtig herum an langen Drähten. Fridolins Blick wanderte von ihren hakenförmigen Schwanzflossen zu den beeindruckenden Gebissen.

»Deren Haut ist so rau, dass wir sie als Reibeisen benutzen können!«, erklärte Pierre.

»Ich glaube weder, dass wir die Haie da runterbekommen, noch, dass wir das Glas mit der Haut aufreiben können«, sagte Fridolin. Im Stillen fügte er hinzu: *Obwohl das ziemlich cool wäre …*

Pierre stöhnte und sah sich weiter um.

➔ »Diamantring!« Lies weiter auf Seite 70.
➔ »Öllampen aus Schildkrötenpanzer!« Hüpf zur Seite 78.

- »Hammer!« Auf Seite 82 erfährst du, ob du richtigliegst.
- »Fledermaus-Ultraschall!« Seite 86 bringt vielleicht Erleuchtung.
- »Schwertfischschwert!« Springe zur Seite 99.
- »Narwalzahn!« Blättere auf die Seite 104.

»Ich sehe sechs Zweibeiner und vier Vierbeiner«, sagte Fridolin.

Pierre zog eine Augenbraue hoch und kratzte sich am Kinn.

Das Skelett legte den Schädel schräg und murmelte: »Das sind zehn Tiere und …« Es richtete sich zu seiner vollen Größe auf. »… achtundzwanzig Beine! Das ist die Lösung!«

»War jetzt auch nicht sooo schwer«, meinte Pierre und lachte.

Fridolin warf ihm einen scharfen Blick zu, der ihn verstummen ließ.

»Tja«, sagte das SKELETT und zuckte mit den Schultern, »dann bin ich wohl fertig mit meiner Meditation. Was wolltet ihr noch mal von mir wissen?«

Pierre ließ die Faust hochschnellen, sodass die glitzernde Fessel direkt vor der Nase der Ratte baumelte, und zeigte mit der anderen Hand darauf.

Das Skelett zuckte zurück. »Oh ja, stimmt. Die Fessel

könnt ihr nur am Spiegel lösen. Dazu muss jeder aus seiner Dimension bestimmte Symbole am Rahmen aktivieren – ich weiß aber nicht, welche.«

»Jeder aus seiner Dimension?!«, rief Pierre so laut, dass Fridolin sich besorgt umsah. »Ich kann aber nich' durch den Spiegel durch, du geniales Gripsgerippe. Verrat mir mal –«

Fridolin packte die Glasglocke, hob sie hoch und stülpte sie kurzerhand über den Kopf des Goblins, dessen laute Stimme dadurch gedämpft wurde.

»Hey!«, beschwerte sich das **SKELETT** und blickte sich erschrocken um. Es schien sich ohne das schützende Glas nicht wohlzufühlen. Nervös rieb es die beiden Vorderpfötchen aneinander.

»Was soll das?!«, ertönte es dumpf aus der Glocke.

Fridolin beugte sich vor, sodass er auf Augenhöhe mit dem verdutzten Goblin war. »Ich sag es nur noch einmal: Sei. *Leise.*«

Pierre starrte ihn grimmig an, sagte aber nichts mehr.

Nach einem sehr strengen Blick auf den Goblin wandte Fridolin sich erneut dem Skelett zu. »Wo können wir mehr über den Spiegel erfahren, Jack?«

»I-ich hab eine Agoraphobie …«, stotterte das Skelett.

»Eine *was?*«

»P-Platzangst … vor weiten Plätzen«, erklärte die Ratte kleinlaut.

Fridolin stöhnte auf. »Und ich brauche einen Tipp, wie ich den Goblin loswerde«, sagte er ungeduldig.

»A-also …« Ohne sich umzudrehen, zeigte die Ratte mit ihrem knochigen Arm hinter sich. »Da vorne bei den Geweihen könnt ihr mal fragen. O-oder gegenüber, da steht ein Vivarium – vielleicht weiß der Mull was. Kann ich bitte meine Glasglocke wiederhaben?«

Fridolin befreite den Goblin aus dem Glas und setzte es vorsichtig auf den runden Sockel zurück, auf dem sich das **RATTENSKELETT** befand.

»Danke«, sagte es eingeschüchtert.

»Haste gut gemacht, Fridel.« Pierre lachte leise und hielt ihm die Hand zum High Five hin.

»Die Geweihe oder das Vivarium«, wiederholte Fridolin leise, ohne den Goblin zu beachten.

Pierre nahm die Hand wieder herunter. »Wir könnten es noch mal beim Spiegel versuchen.« Er kletterte über die Tischkante und sprang hinab.

Angesichts des Aufpralls auf den Holzdielen verdrehte Fridolin die Augen.

*Er lernt es einfach nicht!*

Pierre tappte derweil einfach weiter, bis sich die Fessel zwischen Fridolin und ihm spannte. »Jetzt wissen wir ja das mit den Symbolen. Vielleicht sollten wir zurück zum Spiegel und uns den noch mal ansehen.«

→ Fridolin will aber lieber zu den Geweihen.
Lies auf Seite 44 weiter.

→ Fridolin glaubt, dass sie noch mehr Hinweise brauchen!
Ab zum Vivarium! Blättere auf Seite 32.

→ Los, auf zum Spiegel! Auf Seite 9 erfährst du,
wie es weitergeht.

»Sind wir vorhin nich' an einem Schwert aus Schwertfischknochen vorbeigekommen?«, fragte Pierre mit leuchtenden Augen. »Das könnten wir als Säge benutzen!«

Fridolin überlegte einen Moment, schüttelte dann aber den Kopf. »Du kannst mit einem Knochen kein Glas sägen.«

Pierre warf die Hände in die Luft und überlegte weiter.

➔ »Diamantring!« Lies weiter auf Seite 73.
➔ »Öllampen aus Schildkrötenpanzer!« Hüpf zur Seite 77.
➔ »Hammer!« Auf Seite 81 erfährst du, ob du richtigliegst.
➔ »Fledermaus-Ultraschall!« Seite 84 bringt vielleicht Erleuchtung.
➔ »Reibeisen mit Haifischhaut!« Springe zur Seite 90.
➔ »Narwalzahn!« Blättere auf die Seite 102.

»Sind wir vorhin nich' an einem Schwert aus Schwertfischknochen vorbeigekommen?«, fragte Pierre mit leuchtenden Augen. »Das könnten wir als Säge benutzen!«

Fridolin überlegte einen Moment, schüttelte dann aber den Kopf. »Du kannst mit einem Knochen kein Glas sägen.«

Pierre warf die Hände in die Luft und überlegte weiter.


→ »Diamantring!« Lies weiter auf Seite 70.

→ »Öllampen aus Schildkrötenpanzer!« Hüpf zur Seite 78.

→ »Hammer!« Auf Seite 82 erfährst du, ob du richtigliegst.

→ »Fledermaus-Ultraschall!« Seite 86 bringt vielleicht Erleuchtung.

→ »Reibeisen mit Haifischhaut!« Springe zur Seite 92.

→ »Narwalzahn!« Blättere auf die Seite 104.

Konnte der Kranich der Truhenwächter sein? Er legte eine Hand auf die Verzierung, doch es passierte nichts. Was hatte er auch erwartet?

Irgendwie musste er diese Truhe doch aber verschließen können! Vielleicht war es ja eines der anderen Tiere …

»Halt sie mir bloß vom Leib!«, rief Pierre, der so wild mit den Armen fuchtelte, dass die Fessel ständig an Fridolins Handgelenk zerrte.

**»AUTSCH!«** Er musste den Goblin unbedingt zum Schweigen bringen, bevor seine Mutter ihn hörte … Noch einmal überflog er die Zeilen auf dem Schild:

*Pein schaut drohend dir ins*
*Angesicht, bereit dafür bist du noch*
*Nicht. So wird er Ruh und Frieden bringen,*
*Der Truhenwächter*
*Aus Beijing: Xióngmāo.*

Wer oder was war *Xióngmāo?* Versteckte sich in den Zeilen vielleicht ein weiterer Hinweis? Fridolin entscheidet sich für …

➔ … die Schlange. Hüpfe zur Seite 56.
➔ … die Fangschrecke. Lies auf Seite 68 weiter.
➔ … den Tiger. Blättere zur Seite 79.
➔ … den Affen. Weiter geht's auf Seite 88.
➔ … den Panda. Schlag Seite 108 auf.

»Ich hab's! Der Narwalzahn, der über der Vitrine da vorne an der Wand hängt«, sagte Pierre triumphierend und zeigte über eine der Vitrinen mit den ausgestopften Vögeln zu ihrer Rechten.

Fridolin folgte seinem Blick und ihm fiel wortwörtlich die Kinnlade herunter. An der Wand hing ein mindestens ein Meter langer, in sich gedrehter Gegenstand, der auf einer Seite spitz zulief. »Das sieht aus wie … das Horn eines Einhorns!«

»Einhörner gibt's überhaupt nicht, **BLÖDOLINO.** Jetzt konzentrier dich mal! Wir bohren mit dem Narwalzahn ein Loch ins Glas!«

»Egal ob Horn oder Zahn«, sagte Fridolin, ohne den Blick abzuwenden. »Wir bräuchten etwas viel Härteres, um durch das Glas zu kommen.«

Pierre schnaubte frustriert, ließ aber nicht locker.

→ »Diamantring!« Lies weiter auf Seite 73.

- »Öllampen aus Schildkrötenpanzer!« Hüpf zur Seite 77.
- »Hammer!« Auf Seite 81 erfährst du, ob du richtigliegst.
- »Fledermaus-Ultraschall!« Seite 84 bringt vielleicht Erleuchtung.
- »Reibeisen mit Haifischhaut!« Springe zur Seite 90.
- »Schwertfischschwert!« Blättere auf Seite 98.

»Ich hab's! Der Narwalzahn, der über der Vitrine da vorne an der Wand hängt«, sagte Pierre triumphierend und zeigte über eine der Vitrinen mit den ausgestopften Vögeln zu ihrer Rechten.

Fridolin folgte seinem Blick und ihm fiel wortwörtlich die Kinnlade herunter. An der Wand hing ein mindestens ein Meter langer, in sich gedrehter Gegenstand, der auf einer Seite spitz zulief. »Das sieht aus wie … das Horn eines Einhorns!«

»Einhörner gibt's überhaupt nicht, **BLÖDOLINO.** Jetzt konzentrier dich mal! Wir bohren mit dem Narwalzahn ein Loch ins Glas!«

»Egal ob Horn oder Zahn«, sagte Fridolin, ohne den Blick abzuwenden. »Wir bräuchten etwas viel Härteres, um durch das Glas zu kommen.«

Pierre schnaubte frustriert, ließ aber nicht locker.

➔ »Diamantring!« Lies weiter auf Seite 70.

→ »Öllampen aus Schildkrötenpanzer!«
Hüpf zur Seite 78.
→ »Hammer!« Auf Seite 82 erfährst du, ob du richtigliegst.
→ »Fledermaus-Ultraschall!« Seite 86 bringt vielleicht Erleuchtung.
→ »Reibeisen mit Haifischhaut!« Springe zur Seite 92.
→ »Schwertfischschwert!« Blättere auf die Seite 99.

»… der Seestern!«

»Falsch«, sagte Fridolin und lächelte ihn bedauernd an. »Willst du noch mal raten?«

Pierre schnaubte. »Das war nur ein Test, du **DÄMLICHER DUMMDACKEL.** Haste wirklich gedacht, ich meine den siffigen Seestern?« Der Goblin lachte laut – und hielt sich nach einem bösen Blick von Fridolin schnell die Hände vor den Mund. »'tschuldigung«, flüsterte er.

Fridolin wandte sich wieder der Puppe zu.

Da sagte Pierre schnell: »Das richtige Symbol is' …«


→ … der Maulwurf. Lies auf Seite 115 weiter.

→ … die Vogelspinne. Blättere zur Seite 122.

→ … die Muschel. Auf Seite 133 erfährst du, ob du richtigliegst.

»… der Seestern!«

»Falsch«, sagte Fridolin und lächelte ihn bedauernd an. »Willst du noch mal raten?«

Pierre schnaubte. »Das war nur ein Test, du **DÄMLICHER DUMMDACKEL.** Haste wirklich gedacht, ich meine den siffigen Seestern?« Der Goblin lachte laut – und hielt sich nach einem bösen Blick von Fridolin schnell die Hände vor den Mund. »'tschuldigung«, flüsterte er.

Fridolin wandte sich wieder der Puppe zu.

Da sagte Pierre schnell: »Das richtige Symbol is' …«

➔ … die Muschel. Auf Seite 134 erfährst du, ob du richtigliegst.
➔ … der Maulwurf. Lies auf Seite 116 weiter.
➔ … die Vogelspinne. Blättere zur Seite 129.
➔ … der Amor. Hüpfe schnell auf Seite 121.

»Panda«, flüsterte er. Das Wort ergab sich aus den ersten Buchstaben jeder Zeile! Fridolin legte eine Hand auf die Panda-Verzierung und spürte gleich darauf, wie in der Truhe Ruhe einkehrte. Das Scharren der SKORPIONBEINCHEN und das wütende Gemurmel verstummten. Dennoch wagte er es nicht, den Deckel anzuheben und nachzusehen, was dort drinnen vor sich ging. »Ruh und Frieden«, murmelte er erleichtert.

Pierre war mittlerweile mit den letzten entkommenen Skorpionen fertiggeworden und rieb sich mit breitem Grinsen den Bauch. »Was is'? Können wir weiter?«, fragte er.

Fridolin funkelte ihn böse an. »Was an ›leise‹ verstehst du eigentlich nicht?«

Pierre schaute sich übertrieben um. »Wieso? Hat uns doch keiner gehört! Und was an ›aber schnell‹ verstehst *du* bitte nich'? Ich muss zurück – also zackig!« Er zog an der Fessel.

Widerwillig ließ Fridolin sich mitziehen. *Er* wollte den Goblin auch so schnell wie möglich loswerden! Aber sollte er ihm wirklich ständig das Kommando überlassen? Er sah über die Schulter zu der Wendeltreppe, die er vorhin erspäht hatte … Sollte er Pierre einfach folgen oder selbst den Weg bestimmen?

→ Fridolin entscheidet sich, nachzugeben und Pierre zu folgen. Lies auf Seite 110 weiter.
→ Fridolin will selbst wählen, wohin es als Nächstes geht! Er entscheidet sich dafür, die Wendeltreppe hochzugehen. Blättere auf Seite 131.

Fridolin beschloss, dem Goblin einfach zu folgen. Vor einem dunklen Holztisch blieben sie stehen. Pierre sprang in die Luft, um einen Blick auf die Exponate zu erhaschen. »Da oben is' was Interessantes, oder? Das spür ich doch.«

»Lauter Zeug halt«, murrte Fridolin. *Wie überall hier.* Er sah Kokosnüsse, die in ein Metallgestell eingefasst waren, sodass sie als Kelche verwendet werden konnten, und kleine geschnitzte Figuren mit lustigen **FRATZEN.** Eine Schildkröte, die aus Gold gefertigt war, lugte aus einem echten Schildkrötenpanzer hervor … Wie sollten sie hier eine Lösung für ihr Problem finden?

Pierre mühte sich ab, um am Tischbein hochzuklettern.

Für einen Moment überlegte Fridolin, ihm seine Hilfe anzubieten, entschied sich aber dagegen. Sollte er doch selbst sehen, wie er da hoch kam!

Als sich der Goblin über die Tischkante zog und aufrappelte, rief er sofort: »Da! Wusst ich's doch!«

Fridolin folgte seinem Blick und sah zwischen einem Kokoskelch und einer Fratzenfigur ein Glas mit einem eingelegten Schlangenkopf darin. Er verzog angewidert den Mund und versuchte, die Schrift auf dem vergilbten Zettel zu entziffern, der darauf klebte: »Siebenköpfige Hydra … Also *ich* zähle nur einen Kopf.«

»Klar! Glaubst du, die lässt sich gleich alle Köpfe auf einmal abschlagen?« Pierre lief zwischen den Kokoskelchen hindurch, als ob er etwas suchte.

Fridolin hob den linken Arm, damit sich die Fessel nicht in einem der Objekte auf dem Tisch verfing. »Ich glaube ja eher, dass das ein ganz normaler Schlangenkopf ist.«

Pierre lachte spöttisch. »Menschen!«

»Was suchst du eigentlich?«, fragte Fridolin. »Ich denke, du hast es eilig.«

»Na, was wohl? Die **HYDRA.** Die wird doch ihren siebten Kopf nicht zurücklassen – also muss sie hier irgendwo sein.« Pierre schaute unter ein Tuch, das eine leise tickende Pendeluhr bedeckte.

»Wachsen einer Hydra nicht zwei neue Köpfe nach, wenn man ihr einen abschlägt?«, fragte Fridolin, der so etwas mal im Fernsehen gehört hatte.

Pierre schnaubte. »Im Märchen vielleicht. Kannst übrigens gerne mithelfen!«

»Klar, ich suche eine sechsköpfige Hydra, die sich hier auf dem Tisch –«

»Wasssss wollt ihr?«, zischte es in diesem Moment.

Fridolin wirbelte herum. Pierre stieß vor Schreck gegen einen Kokoskelch, der polternd umfiel und langsam auf die Tischkante zurollte. In letzter Sekunde fing Fridolin ihn auf, bevor er auf dem Boden zerschellen konnte. Da entdeckte er auf dem Schrank gegenüber ein echsenähnliches Wesen, das etwa doppelt so groß war wie Pierre und sechs Köpfe sowie einen Halsstumpf zur Schau trug. Es starrte sie aus zwölf Augen mit langen, **GEBLECKTEN ZÄHNEN** sprungbereit an.

»Ähm … hi«, brachte Fridolin heraus. Der Goblin auf der Tischplatte hinter ihm war auffallend still geworden. Fridolin hob sein linkes Handgelenk und deutete auf die Fessel. »Kannst du uns helfen?«

»Nur Idioten lasssssen sich von der Spiegelfalle einfangen«, kommentierte einer der Hydraköpfe. Die anderen nickten.

Fridolin schluckte mit wild pochendem Herzen. Die Hydra schien nicht sonderlich gut gelaunt zu sein … Er versuchte, möglichst mutig zu klingen, als er sie fragte: »Kannst du uns nun helfen oder nicht?«

Einer der Köpfe schnaubte, ein anderer zischelte. Dann meldete sich ein dritter zu Wort: »Ich kann – aber nur für eine Gegenleistung.«

Aus dem Augenwinkel sah Fridolin, wie Pierre neben ihn an die Tischkante trat. »Und die wäre?«, fragte der Goblin.

Alle Köpfe richteten sich auf ihn. »Bringt mir eine Phönixfeder.«

»Eine Phönixfeder?« Pierre brach in schallendes Gelächter aus. Sogleich drückte Fridolin ihm eine Hand auf den Mund. »'tschllgng«, nuschelte der Goblin schuldbewusst gegen die Handfläche.

Fünf der Hydraköpfe fauchten aufgebracht. Der sechste Kopf sagte: »Ich kann auch den Goblin fresssssen. Dann wäre zumindest *dein* Problem gelösssssst, Mensch.«

Fridolin ließ Pierre wieder frei und zögerte.

»Wenn du zulässt, dass sie mich frisst, schreie ich wie am Spieß«, sagte Pierre leise.

Erst als er einen **KNUFF** gegen den Oberarm spürte, fragte Fridolin die Hydra: »Wo finden wir so eine Feder?«

Zwei der Köpfe blickten auf die Tür, die zu einem weiteren Raum führte, während die anderen Köpfe ihre Augenpaare weiterhin auf Pierre und ihn gerichtet hielten.

Fridolin nickte. »Abgemacht.« Er ging schnurstracks auf die Tür zu und zog Pierre mit sich, der vom Tisch springen musste, um Schritt zu halten. Als sie vor der Tür standen, zögerte Fridolin und fragte: »Warum hast du gerade so gelacht? Gibt es so etwas wie Phönixfedern gar nicht?«

»Doch – klar gibt es die. Mach auf!«

»Warum hast du dann gelacht?«

Pierre knurrte ungeduldig. »Weil die Hydra offensichtlich vorhat, ihren siebten Kopf wiederzubeleben.« Er lachte in sich hinein. »Hast du dir den eingelegten Kopf mal angesehen? Wie sieht das denn aus, so ein labbriges Ding am Hals?«

Fridolin runzelte die Stirn. Er konnte sich beim besten Willen nicht vorstellen, wie das aussehen würde – und glaubte auch nicht daran, dass eine **PHÖNIXFEDER** einen Kopf wiederbeleben konnte. Allerdings hatte er bis vor Kurzem auch nicht an Goblins, Hydras, Feen oder Spiegelfallen geglaubt …

Pierre stieß Fridolin mit dem Ellenbogen gegen das Schienbein. »Was is'? Entweder gehen wir da jetzt rein oder wir lassen die hysterische Hampelhydra sechsköpfig sein und suchen jemanden, der uns ohne Gegenleistung hilft.«

→ Aufgeben? Niemals! Die beiden gehen durch die Tür. Lies auf Seite 117 weiter.

→ Der Hydra kann man nicht trauen! Fridolin und Pierre schleichen sich heimlich davon. Blättere ganz leise auf Seite 124.

»… der Maulwurf!«

»Nein«, sagte Fridolin.

»Nein?« Pierre runzelte die Stirn. »Ach ja, klar! Ich hab mich versprochen. Ich meinte natürlich …«


➜ … den Seestern. Lies auf Seite 106 weiter.

➜ … die Vogelspinne. Blättere zur Seite 122.

➜ … die Muschel. Auf Seite 133 erfährst du, ob du richtigliegst.

»… der Maulwurf!«

»Nein«, sagte Fridolin.

»Nein?« Pierre runzelte die Stirn. »Ach ja, klar! Ich hab mich versprochen. Ich meinte natürlich …«

➔ … den Seestern. Lies auf Seite 107 weiter.

➔ … die Muschel. Auf Seite 134 erfährst du, ob du richtigliegst.

➔ … die Vogelspinne. Blättere zur Seite 129.

➔ … den Amor. Hüpfe schnell auf Seite 121.

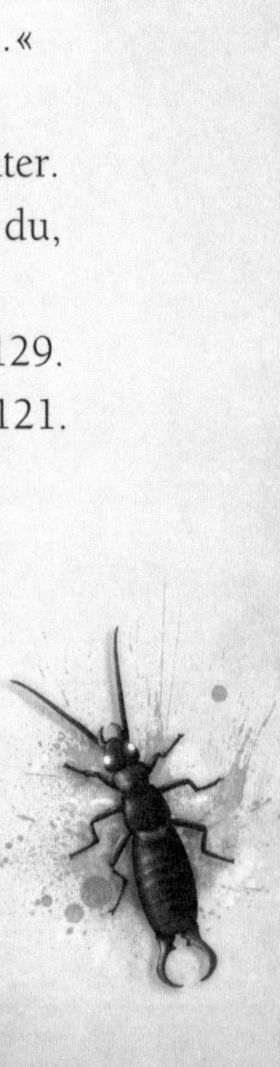

»Wir besorgen die Phönixfeder«, sagte Fridolin entschlossen und drückte vorsichtig die Klinke hinunter. Als er die Tür aufgezogen hatte, erblickte er eine kleine, dunkle Abstellkammer. Abgesehen von einem Schrank mit zahllosen Schubladen, der eine ganze Wand einnahm, war sie leer.

»Ey, die hat uns **VOLL VERÄPPELT**«, schnaubte Pierre.

»Moment«, sagte Fridolin und zog sein Handy aus der Tasche, um die Taschenlampenfunktion anzuschalten. Er beleuchtete die Schubladen und sah, dass einige mit krakeligen Buchstaben beschriftet waren. *Gemahlener Smaragd, Atem einer Ente, Mäusepulver, Einhorn-Horn, Bezoar* konnte er entziffern. »Das ist so was wie … eine Apotheke«, mutmaßte Fridolin und versuchte, eine der Schubladen aufzuziehen, doch sie ließ sich nicht öffnen. Da sah er aus dem Augenwinkel etwas auf sich zufliegen und wich erschrocken zurück.

»Ey, was machst du?«, meckerte Pierre, den Fridolin bei seinem raschen Ausweichmanöver fast umgerannt hätte.

»Da war was!«, flüsterte Fridolin. »Ist direkt an meinem Gesicht vorbeigeflogen.«

Mit dem Schein seines Handys suchte er den Raum ab und fand schließlich auf einer der unbeschrifteten Schubladen einen dicken, goldenen Käfer sitzen.

»Was für ein Leckerbissen«, raunte Pierre begeistert.

»Reiß dich zusammen!«, ermahnte Fridolin ihn. Er wollte gerade vorschlagen, die Hydra im Stich zu lassen und sich woanders Hilfe zu suchen, als der Käfer mit einem seiner Hinterbeine leise, aber deutlich, gegen die Schublade klopfte.

Aus dem Schrank erklang sogleich eine wispernde Stimme: »Achtundzwanzig.«

Der Käfer trommelte nun mehrfach mit dem Hinterbein gegen die Schublade, die sich daraufhin wie von Geisterhand öffnete. Nachdem der Käfer hineingekrabbelt war, schloss sich die Schublade wieder.

»Ey, was war das denn?«

Fridolin überlegte. »Ein geheimes **KLOPFZEICHEN!** Ich glaube … das war vierzehnmal.«

»Echt? Du hast mitgezählt?«

»Na ja, ich dachte, dass er achtundzwanzigmal klopfen würde – aber es war nur vierzehnmal, wenn ich mich nicht verzählt habe. Man muss also die Hälfte der Zahl klopfen, die gesagt wird … schätze ich.«

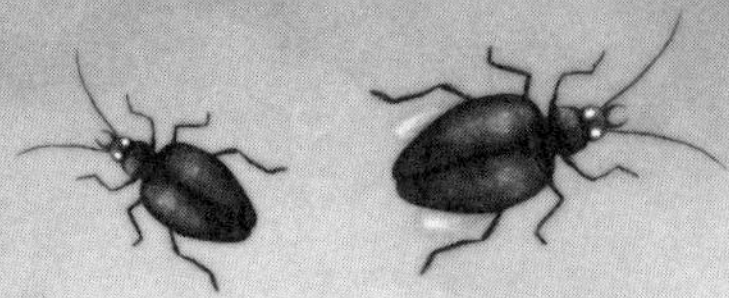

»Hast du eine Inselbegabung für Klopfzeichen oder so? Lass es uns ausprobieren!«

Fridolin suchte die Schubladen erneut ab. »Schauen wir erst mal, ob es hier überhaupt irgendwo Phönixfedern gibt.«

»Da – wieder einer!«, rief Pierre in diesem Moment aufgeregt. Er zog an Fridolins Hosenbein und deutete nach links.

Fridolin leuchtete in die entsprechende Richtung. Tatsächlich, da saß ein weiterer goldener Käfer auf einer Schublade und klopfte.

»Sechzehn«, wisperte die Stimme.

Der Käfer klopfte achtmal, woraufhin die Schublade sich öffnete und er darin verschwand.

Fridolin grinste. Er hatte also recht gehabt!

»Sehr gut, Hirnolin, wir sind auf der richtigen Spur!«

»Hier!«, rief Fridolin begeistert. »Phönixfedern – ich hab sie!« Er zeigte auf eine Schublade rechts oben im Schrank. Er musste sich etwas strecken, um sie zu erreichen. Da zischte ein weiterer Käfer haarscharf an seiner Nase vorbei. Fridolin wich erschrocken zurück und kam kurz ins Straucheln.

»Gut besucht, dieses **KÄFER-APOTHEKEN-HOTEL**«, kommentierte Pierre den Sturzflug.

Der Käfer klopfte gegen die Schublade, auf der er gelandet war, und die Stimme wisperte: »Acht.« Nach vier Klopfgeräuschen erhielt der Käfer Einlass.

»Ja, wir haben's kapiert!«, meinte Pierre. »Jetzt du.«

»Ich hoffe, das klappt auch, wenn man was rausnehmen

möchte …« Fridolin streckte sich erneut und klopfte einmal gegen die Phönixfederschublade.

Die Stimme aus dem Schrank wisperte: »Sechs.«

»Das ist ja pillepalle einfach!«, stellte Pierre erfreut fest und krallte sich vor Aufregung in Fridolins Hosenbein. »Mach schon!«

»Ich mach ja!« Fridolins Herz schlug schneller. Gespannt klopfte er dreimal gegen die Schublade.

Nichts passierte.

**»EY!«,** sagte Pierre nur.

Auch Fridolin stutzte. Die Hälfte von sechs war doch drei! Galt das Klopfzeichen nicht für die beschrifteten Schubladen? Er klopfte noch einmal.

Die Stimme wiederholte: »Sechs.«

Wie oft musste er klopfen?

→ Einmal. Lies auf Seite 130 weiter.
→ Zweimal. Ob du richtigliegst, erfährst du auf Seite 137.
→ Viermal. Seite 153 bringt möglicherweise die Erleuchtung.
→ Fünfmal. Spring zur Seite 160.
→ Sechsmal. Blättere auf Seite 169.

»… Amor!«

»Das ist falsch«, sagte Fridolin grinsend.

»Bist du sicher?«, fragte Pierre misstrauisch.

»Sehr sicher.«

»Ich auch. War nur ein Test«, behauptete Pierre. »In Wirklichkeit ist es nämlich …«

→ … der Seestern. Lies auf Seite 107 weiter.
→ … die Muschel. Auf Seite 134 erfährst du, ob du richtigliegst.
→ … der Maulwurf. Hüpfe schnell auf Seite 116.
→ … die Vogelspinne. Blättere zur Seite 129.

»… die Vogelspinne!« Pierre reckte siegessicher einen Finger zur Decke.

Fridolin sah ihn an, bis er seine Hand wieder sinken ließ.

»Oder?«, fragte der Goblin unsicher.

Der Junge grinste. »Ja, es ist die **VOGELSPINNE.** Willst du wissen, wie ich darauf gekommen bin?«

Pierre grummelte, nickte aber schließlich.

»Der Vogelspinnen-Wurm meinte, dass der Maulwurf-Wurm gelogen hat. Das muss die Wahrheit sein. Denn wäre das eine Lüge gewesen, hätte ja der Maulwurf-Wurm die Wahrheit gesagt. Und das würde bedeuten, dass der Vogelspinnen-Wurm über deinen Biss in die Zitrone gekichert hat. Dann wäre aber auch die Aussage des Muschel-Wurms wahr, dass er selbst *nicht* gekichert hat. Da aber nur *einer* die Wahrheit sagt und der Vogelspinnen-Wurm nicht gelogen haben kann, muss er derjenige sein, der die Wahrheit sagt.«

Pierres Stirn legte sich in tiefe Falten. Er blinzelte ein paarmal und kratzte sich am Kinn. »Der Vogelspinnen-Wurm ist also der, der die Wahrheit sagt. Und welcher Wurm hat jetzt gekichert?«

»Na, der Muschel-Wurm auf dem Geweih oben rechts. Er hat behauptet, dass er es nicht war, aber das war gelogen. Verstanden?«

»Hm …«, machte Pierre und schob die Unterlippe vor. »Ich weiß auf jeden Fall, dass Vogelspinnen acht Augen haben.«

Fridolin sah ihn fragend an. »**AHA.** Heißt das, du hast es nicht verstanden?«

»Ich frag mich … was dieser Wahrheitsfinder dazu sagt. Lass es uns ausprobieren!«

→ Lies auf Seite 125 weiter.

Fridolin dachte an die spitzen Zähne der Hydra und daran, wie Pierre schreien würde, wenn sie ihm zu nahe kämen … Das Risiko wollte er lieber nicht eingehen. Er zuckte mit den Schultern. »Wer weiß, ob die uns überhaupt einen hilfreichen Tipp geben kann«, sagte er. »Lass uns verschwinden.«

Der Goblin und er warfen einen Blick zurück, aber die Hydra schien sie nicht zu beobachten. Langsam schlichen sie in die entgegengesetzte Richtung, bis sie hinter einer großen Schrankwand verschwinden konnten.

»Glaubst du, sie folgt uns?«, fragte Fridolin.

»Nee. Ich sag doch, die lässt niemals ihren siebten Kopf im Stich. Komm weiter!«

Dieses Mal wollte Fridolin nicht den Goblin bestimmen lassen. Wohin sollten sie als Nächstes gehen?

➔ Ganz klar, zu den Geweihen! Lies auf Seite 44 weiter.

➔ Zum Vivarium. Erfahre auf Seite 32, was sich darin befindet.

»Wenn der uns nich' helfen kann, weiß ich auch nich' weiter.« Mit diesen Worten lief Pierre zum Kasten, um über den Schoß der Puppe hinaufzuklettern.

Fridolin musste über das Ablenkungsmanöver lachen. Gleichzeitig hielt er seinen Arm so, dass der Goblin genug Bewegungsspielraum für seine Kraxelei hatte, und besah sich den seltsamen Apparat. Der Kasten, an dem die Puppe saß, war mit vielen kleinen Metallplättchen gefüllt, die hochkant darin standen. Fridolin beugte sich hinunter, um die Puppenhand, die über dem Kasten schwebte, genauer zu betrachten. »Ah, sieh mal, da ist ein Magnet an dem Finger! Damit zieht sie die Plättchen heraus.«

In der Zwischenzeit hatte Pierre eines der Plättchen selbst herausgezogen und betrachtete es nachdenklich. Dann hielt er es Fridolin vor die Nase. »Hier, lies du mal.«

Fridolin nahm ihm das Plättchen ab und las: »*Schlag das Buch auf der Seite auf, die der zwölften und dreizehnten Ziffer seiner Standardbuchnummer entspricht.*« Er zuckte mit den

Schultern. »Hm. Keine Ahnung, welches Buch gemeint ist. Ich glaube aber auch nicht, dass man sich hier selbst ein Plättchen rausziehen soll.«

»Ich hab einen Knopf gefunden«, rief Pierre stolz.

Er schien ihn auch gleich gedrückt zu haben, denn der Apparat begann mit einem Mal zu summen und zu rattern. Die ganze Maschine vibrierte so stark, dass sie über den Fußboden hüpfte.

»Oh nein!«, entfuhr es Fridolin. Er hielt den Kasten mit beiden Händen fest, um die Geräusche zu dämpfen, doch ihm brach trotzdem der Angstschweiß aus. Hatte seine Mutter das gehört?!

»'tschuldigung«, sagte Pierre schuldbewusst, der mittlerweile auf dem ratternden Kasten stand. »Oh, **WOW!**«

Der Unterarm der Holzpuppe holte plötzlich zu einem großen Bogen aus, sodass Pierre zurückweichen musste und fast heruntergefallen wäre. Dann fuhr der Arm langsam alle Plättchen ab. Die Holzpuppe blinzelte und verharrte schließlich einen Moment.

»Und jetzt?«, fragte Pierre ungeduldig.

Die Hand sank hinunter, bis der Finger mit dem Magneten eines der Metallplättchen berührte. Als sich die Hand langsam wieder hob, hing das Plättchen am Finger und der Arm fuhr in die Ausgangsposition zurück. Das Summen und Rattern verstummte.

Fridolin atmete erleichtert aus und ließ den Apparat los.

Wie Pierre sah auch er zur Tür, die zum Ausstellungsraum führte.

»Das hat keiner gehört«, flüsterte Pierre nach einer Weile. Dann fügte er hinzu: »Wir haben keine Zeit. Schnell, was steht drauf?«

Fridolin zupfte das Metallplättchen vom Magneten und las vor: *»Ihr sucht den Zyklopen.«*

»Wir suchen den Zyklopen?«, wiederholte Pierre mit gerunzelter Stirn.

»Das steht hier.«

»Ey, was für ein **LOTTRIGER LÄUSELAUCH!** Damit kann man ja nix anfangen!« Der Goblin holte aus, um der Puppe gegen den Arm zu treten, überlegte es sich aber im letzten Moment anders – wohl um keinen Lärm zu machen.

»Tja«, sagte Fridolin, »dann lass uns mal einen Zyklopen suchen.« Er hoffte insgeheim, dass Pierre wusste, was ein Zyklop war, und ihn erkennen würde, wenn sie vor einem standen. Denn er selbst hatte keine Ahnung. Er sah sich in dem Teil des Raumes um, in dem sie sich gerade befanden. Es war sowieso alles mit Regalen und Schränken vollgestellt. Wie sollte man hier *irgendetwas* finden? Um sich seine Ratlosigkeit nicht anmerken zu lassen, schlug er einfach die nächstbesten Orte vor, die ihm ins Auge sprangen. »Da hinter der Schrankwand geht's anscheinend noch in einen anderen Raum«, bemerkte er. »Und

da vorne, in dem Regal …« Er zeigte in die entgegengesetzte Richtung. »Das sieht aus wie eine Sammlung von Köpfen.«

»Menschenköpfe?«, fragte Pierre neugierig.

»Nee, kleiner – eher Goblinköpfe. Wir könnten uns aber auch dieses Ding dahinten auf dem Podest anschauen. Das sieht aus wie ein Mini-Karussell – vielleicht kannst du ’ne Runde damit fahren.«

Pierre lachte trocken. »Auf keinen Fall zum Mini-Karussell.«

»Also *ich* würde dich schon gerne auf dem Mini-Karussell sehen«, beharrte Fridolin.

→ Die beiden sollen die Schrankwand erkunden? Blättere auf Seite 139.

→ Das Regal mit den Köpfen sieht spannend und gruselig zugleich aus. Lies schnell auf Seite 148 weiter.

→ Das Mini-Karussell verbirgt bestimmt ein Geheimnis. Spring auf Seite 155, um dahinterzukommen.

»… die Vogelspinne!« Pierre reckte siegessicher einen Finger zur Decke.

Fridolin sah ihn an, bis er seine Hand wieder sinken ließ.

»Oder?«, fragte der Goblin unsicher.

Der Junge grinste. »Ja, es ist die **VOGELSPINNE.** Willst du wissen, wie ich darauf gekommen bin?«

Pierre grummelte, nickte aber schließlich.

»Es sind fünf Steine und jeder hat auf die Frage, wie viele Steine lügen, etwas anderes geantwortet. Es kann also nur ein Stein die Wahrheit gesagt haben. Und das muss der gewesen, der meinte, dass vier Steine lügen. Verstanden?«

»Hm …«, machte Pierre und schob die Unterlippe vor. »Ich weiß auf jeden Fall, dass Vogelspinnen acht Augen haben.«

»Aha. Heißt das, du hast es nicht verstanden?«

»Ich frag mich … was dieser Wahrheitsfinder dazu sagt. Lass es uns ausprobieren!«

→ Auf Seite 125 geht's weiter.

Fridolin klopfte einmal gegen die Schublade. Erneut passierte nichts.

»Ey, das gibt's doch gar nich'!«, empörte sich Pierre.

Schnell ging Fridolin die Zahlen noch einmal durch: Bei *achtundzwanzig* hatte der erste Käfer vierzehnmal geklopft. Der zweite hatte bei *sechzehn* achtmal geklopft. Bei *acht* hatte der dritte Käfer viermal geklopft. Was war das richtige Klopfzeichen bei *sechs*?

Energisch klopfte er für einen neuen Versuch an die Phönixfederschublade.

Wieder wisperte die Stimme: »Sechs.«

→ Zweimal. Ob du richtigliegst, erfährst du auf Seite 137.
→ Viermal. Seite 153 bringt möglicherweise die Erleuchtung.
→ Fünfmal. Spring zur Seite 160.
→ Sechsmal. Blättere auf Seite 169.

Trotzig blieb Fridolin stehen und zog Pierre an der Fessel zurück.

»Ey, spinnst du?«, empörte sich der Goblin, der durch den Ruck am Handgelenk ins Straucheln geraten war.

»Wir gehen die Wendeltreppe hoch«, bestimmte Fridolin und machte sich auf Widerworte gefasst.

Doch über Pierres Gesicht zog sich ein Strahlen und er sagte begeistert: »Ich liebe Wendeltreppen!« Schon schoss er an Fridolin vorbei und hüpfte mit ihm im Schlepptau die gusseisernen Stufen hinauf.

Oben angekommen, öffnete sich vor ihnen ein hell erleuchteter Raum, der genauso groß sein musste wie die untere Etage – nur dass hier weder Möbel noch Kuriositäten die Sicht versperrten. Stattdessen hingen an den Wänden, dicht an dicht, große Ölgemälde in dicken Goldrahmen. In der Mitte des Raumes stand ganz verlassen ein großer Felsbrocken, der Fridolin bis zur Schulter reichte.

»Hm«, machte Pierre. »Hier is' ja nix los.«

»Wir können uns trotzdem kurz umschauen, wenn wir schon mal da sind«, sagte Fridolin, ohne den Felsbrocken aus den Augen zu lassen. Er funkelte geheimnisvoll unter dem Licht der Deckenstrahler. War das etwa ein **METEORIT?**

Pierre zupfte ungeduldig an der Fessel. »Was jetzt? Willste dich umsehen oder nicht?«

→ Natürlich will Fridolin sich noch weiter umsehen! Mach das, indem du auf Seite 135 weiterliest.
→ Eigentlich reicht's … Sie machen sich auf den Rückweg, blättere auf Seite 138.

»… die Muschel!«

»Bist du sicher?«, fragte Fridolin.

»Klar bin ich sicher!«

»Es ist nicht die Muschel.«

»Ha – aber du wärst fast drauf reingefallen!«, freute Pierre sich.

»Nein, wär ich nicht.«

Der Goblin grunzte. »Dann sag du doch mal, was das richtige Symbol is'.«

»Nö, ich find's lustiger, wenn du rätst und danebenliegst.«

Pierre ballte die Hände zu Fäusten und sah Fridolin böse an. Dann fiel sein Blick auf die Fessel, die sie verband, und er atmete tief durch. »Das richtige Symbol is' …«

→ … der Seestern. Lies auf Seite 106 weiter.
→ … der Maulwurf. Hüpfe schnell auf Seite 115.
→ … die Vogelspinne. Blättere zur Seite 122.

»… die Muschel!«

»Bist du sicher?«, fragte Fridolin.

»Klar bin ich sicher!«

»Es ist nicht die Muschel.«

»Ha – aber du wärst fast drauf reingefallen!«, freute Pierre sich.

»Nein, wär ich nicht.«

»Dann sag du doch mal, was das richtige Symbol is'.«

»Nö, ich find's lustiger, wenn du rätst und danebenliegst.«

Pierre ballte die Hände zu Fäusten und sah Fridolin böse an. Dann fiel sein Blick auf die Fessel, die sie verband, und er atmete tief durch. »Das richtige Symbol is' …«

➔ … der Seestern. Lies auf Seite 107 weiter.
➔ … der Maulwurf. Hüpfe schnell auf Seite 116.
➔ … die Vogelspinne. Blättere zur Seite 129.
➔ … der Amor. Auf Seite 121 erfährst du, ob du richtigliegst.

»Umsehen«, sagte Fridolin nur und zog Pierre hinter sich her, direkt auf den Felsbrocken zu.

Als sie näher kamen, bemerkte er, dass im Boden ein Metallschild eingelassen war. Auf dem stand: »Eisenmeteorit, bitte nicht berühren«.

Fridolins Handflächen begannen zu kribbeln. Das war tatsächlich ein richtiger Meteorit aus dem **WELTALL!** Er fragte sich, warum man ihn nicht berühren sollte – hatte er etwa magische Kräfte, ähnlich wie die Spiegelfalle? Er erinnerte sich an eine Geschichte, in der jemand zum Superhelden wurde, nachdem er einen Meteoriten angefasst hatte. Aber … konnte das echt sein? Nun, immerhin gab es ja auch Goblins … *Ich könnte eine Superkraft gut gebrauchen, um den Goblin wieder in seine Dimension zu befördern.*

»Wow, ein Stein«, bemerkte Pierre trocken. »Können wir jetzt weiter?«

→ Nö! Fridolin will erst mal den Meteorit berühren. Lies auf Seite 142 weiter.

→ Klar! Beide machen sich auf den Rückweg die Wendeltreppe hinunter. Blättere auf Seite 138.

Fridolin klopfte zweimal gegen die Schublade. Erneut passierte nichts.

»**EY**, was machst du falsch?«, wollte Pierre empört wissen.

Schnell ging Fridolin die Zahlen noch einmal durch: Bei *achtundzwanzig* hatte der erste Käfer vierzehnmal geklopft. Der zweite hatte bei *sechzehn* achtmal geklopft. Bei *acht* hatte der dritte Käfer viermal geklopft. Was war das richtige Klopfzeichen bei *sechs?*

Energisch klopfte er für einen neuen Versuch an die Phönixfederschublade.

Wieder wisperte die Stimme: »Sechs.«

→ Einmal. Ob du richtigliegst, erfährst du auf Seite 130.
→ Viermal. Seite 153 bringt möglicherweise die Erleuchtung.
→ Fünfmal. Spring zur Seite 160.
→ Sechsmal. Blättere auf Seite 169.

»Schon gut«, sagte Fridolin. »Lass uns wieder runtergehen.«

Pierre wirbelte herum und hüpfte die Wendeltreppe hinunter. Fridolin stolperte hinterher und musste sich am Geländer festhalten, um nicht zu fallen.

Unten angekommen, warf Pierre einen verträumten Blick zurück und sagte: »Die Wendeltreppe war echt cool!« Plötzlich verdunkelte sich sein Gesicht und er schnauzte Fridolin an: »Aber das war reine Zeitverschwendung! Weiter jetzt, **TRANIGER TRÖDELTROLL!**«

Er stürmte los und riss Fridolin mit sich.

➔ Schnell, auf Seite 110 geht's weiter!

»Ich will hinter die Schrankwand«, meinte Pierre und marschierte voran. Er zog kräftig an der Fessel.

Fridolin zog aus Trotz kurz zurück, folgte dem Goblin aber an der Schrankwand vorbei zu einem schmalen Durchgang. Hintereinander betraten sie einen kleinen Nebenraum, der ungefähr vier Schritte lang und drei Schritte breit war. Anscheinend lagerte Herr Oratio hier die Gemälde, die keinen Platz im Ausstellungsraum gefunden hatten – zumindest lehnten jede Menge Bilder an der Wand. Ob er die riesigen Kunstwerke regelmäßig austauschte? Die dicken, goldenen Rahmen sahen schwer aus …

»Neuer Raum, neues Glück!«, sagte Pierre und drehte eine kleine Runde, soweit die Fessel das zuließ. »Nee – nix, was uns weiterhilft«, sagte er. Als er wieder Richtung Ausgang strebte und Fridolin hinter sich herzog, rief er: »Ey, da isser!«

»Wer?« Fridolin drehte sich erschrocken um. Hatte Herr Oratio sie entdeckt?

»Na, der Zyklop, du **BRILLANTE BREGENBREMSE!**«
Pierre zeigte auf ein Gemälde, das hinter einem großen Sonnenblumenbild hervorlugte.

Fridolin neigte den Rahmen etwas vor, sodass sie den Zyklopen besser sehen konnten. »Besonders schön ist er ja nicht«, bemerkte er.

»Ich find ihn ganz ordentlich«, meinte Pierre und kratzte sich am Kinn. »Ausdrucksstarke Farben … wenn auch etwas düster im Abgang.«

Fridolin blickte ihn mit zusammengeschobenen Augenbrauen an, dann fragte er: »Haben Zyklopen immer nur ein Auge oder ist das künstlerische Freiheit?«

Pierre schnaubte. »Woher ich weiß, dass das ein Zyklop ist? Weil Zyklopen nur ein Auge besitzen, du **GENIALES GLUBSCHGESICHT.** Das lernt man doch in der ersten Klasse!«

»Tja, ich nicht. Und was machen wir jetzt damit?«

Pierre warf die Hände in die Luft. »Na, was wohl? Du nimmst das Gemälde mit! Für irgendwas werden wir es schon brauchen.«

»Du spinnst wohl!« Fridolin lehnte das Sonnenblumenbild wieder gegen das des Zyklopen. »Weißt du, wie schwer das ist?«

Pierre stemmte die Hände in die Hüften und verzog seine Mundwinkel. »Du bist ja 'ne Riesenhilfe! Dann schneid ihn aus dem Rahmen, roll ihn zusammen und –«

»Auf keinen Fall! Ich werde hier nichts kaputt machen – und du auch nicht!«, stellte Fridolin klar, bevor Pierre etwas sagen konnte. »Wir wissen ja jetzt, wo der Zyklop ist, falls wir ihn für irgendwas brauchen.« *Und dass ein Zyklop nur ein Auge mitten auf der Stirn hat,* fügte er in Gedanken hinzu.

Pierre brummte unzufrieden. »Dann schwing die Hufe – ich hab keine Zeit mehr!«, gab er sich geschlagen.

»Okay«, seufzte Fridolin. »Und wohin? Zum Regal mit den Köpfen oder doch noch für ’ne Runde auf das Mini-Karussell?«

➔ Was für eine Frage! Natürlich zum Regal mit den Köpfen. Nimm deinen ganzen Mut zusammen und blättere auf Seite 148.

➔ Auf zum Mini-Karussell! Lies auf Seite 155 weiter.

»Moment«, sagte Fridolin. Er streckte seine rechte Hand aus und legte sie auf den Meteoriten.

»Ey, spinnst du?«, rief Pierre und biss sich schnell auf die Zunge. Als Fridolin die Hand wieder wegzog und nichts weiter passierte, lachte Pierre verlegen. »Für einen Moment hab ich gedacht, du löst irgend so 'ne Falle aus. Mal wieder.«

Fridolin betrachtete seine Handfläche und zuckte mit den Schultern. »War einen Versuch wert«, murmelte er.

»Du hast aus der Spiegelfalle nichts gelernt, oder?«, fragte Pierre. »Können wir jetzt weiter?«

➔ Natürlich nicht! Lies auf Seite 146 weiter.
➔ Klar, hier gibt's bestimmt nichts Spannendes mehr. Blättere auf Seite 138, um die Wendeltreppe hinunterzugehen.

Fridolin betrachtete die Phönixfeder und sagte entschlossen: »Wir bringen sie ihr.«

Pierre sog hörbar die Luft ein, folgte ihm aber zurück zu dem Tisch, auf dem die Hydra neben dem Glas mit ihrem siebten Kopf hockte. Die Köpfe der Kreatur wippten aufgeregt hin und her und aus ihren sechs Mäulern blitzten ihnen spitze Zähne entgegen.

*Soll das ein Lächeln sein?*, fragte sich Fridolin. Er legte die Phönixfeder mit einigem Abstand vor sie auf den Tisch.

Fünf der Köpfe neigten sich hinab. Der sechste ließ den Goblin nicht aus den Augen und zischelte: »Danke vielmalsssss. Wie habt ihr die Schublade geöffnet?«

»Wir haben höflich angeklopft, was sonst?«, erwiderte Pierre barsch.

»Ja, aber … wie oft?«

»Haste selbst nicht hingekriegt, was?« Pierre grinste, als hätte er das Rätsel ohne Weiteres gelöst.

Bevor der Goblin die Hydra noch weiter provozieren

konnte, erklärte Fridolin: »Ich habe so oft geklopft, wie die genannte Zahl Buchstaben hat.«

Die Hydra machte große Augen. »Ach ssssso! Nun, ich halte meinen Teil der Abmachung ein. Die Fessssssel der Spiegelfalle lässsssssst sich nur am Spiegel lösen. Jeder aktiviert die Symbole von seiner Seite ausssssss.«

»Welche Symbole?«, fragte Fridolin.

»Ey, und wie komme ich auf meine Seite?«, wollte Pierre wissen.

»Dassss weißßßß ich nicht … aber ich weißßßß jemanden, der essssss weißßßß. Im Ausstellungsraum steht eine Menschenskulptur – die ältesssste Skulptur des Hausessssss. Sie kennt sich sicher mit der Spiegelfalle aussssss.«

»Super!«, sagte Pierre begeistert. »Die fragen wir.«

»Äh … da können wir nicht hin. Dann sieht meine Mutter das hier.« Fridolin hob die Hand mit der Fessel.

»**EY,** wo liegt das Problem? Ich versteck mich einfach hinter deinem Rücken und bin ganz still.«

Fridolin verdrehte die Augen.

Da fügte die Hydra hinzu: »Ihr bräuchtet natürlich auch noch einen Magneten, um die Skulptur aufzuwecken.«

»Bitte was?«, sagten Fridolin und Pierre gleichzeitig.

»Hast *du* einen **MAGNETEN?**«, fragte Pierre.

Fridolin schüttelte den Kopf.

»Okay, dann können wir das knicken. Was ist Plan B?«

Die Hydra blickte mit zwei Köpfen in die Richtung, aus

der sie ursprünglich gekommen waren. »Geht zu den Vivarien und sprecht mit dem Meermann … vielleicht weißßßß der etwassss. Oder ihr seht in der Bibliothek nach.«

Fridolin und Pierre tauschten einen Blick.

→ Die beiden entscheiden sich für die vielversprechend klingenden Vivarien. Gehe zur Seite 177.

→ Bibliotheken sind immer eine gute Idee! Lies auf Seite 186 weiter.

»Lass uns einen Blick auf die Gemälde werfen. Vielleicht finden wir wichtige Hinweise«, sagte Fridolin.

Pierre stöhnte auf, aber folgte ihm zu einem der großen Ölgemälde.

Es zeigte zwei Menschen, die sich an einem Tisch gegenübersaßen. Beide schauten auf einen großen, sechsseitigen Würfel, der in der Mitte lag. Doch statt Punkten besaß der Würfel kleine Augen, die die Zahlen Eins, Sechs und Acht anzeigten.

»Hehe, das is' lustig«, sagte Pierre.

»Wieso?«

»Na ja, die Punkte auf Würfeln nennt man doch Würfelaugen. Aber das sind wirklich **AUGEN** auf dem Würfel.«

»Stimmt«, sagte Fridolin. »Das sind außerdem merkwürdige Augenzahlen. Ein normaler Würfel hat gar keine Acht. Und die Eins und Sechs liegen eigentlich direkt gegenüber, die sollte man gar nicht gleichzeitig sehen können.«

Pierre nickte zustimmend, während er sich am Kinn kratzte. »Interessant. Das hilft uns bestimmt. Können wir jetzt weiter?«

→ So schnell will Fridolin nicht aufgeben. Um sich weiter umzusehen, blättere auf Seite 154.

→ Klar, hier gibt's eh nichts Spannendes zu sehen. Die beiden treten den Rückweg an. Lies dazu auf Seite 138 weiter.

»Ich will zu den Köpfen«, meinte Pierre und marschierte voran. »Vielleicht können wir deinen dazustellen, hehe.« Er zog kräftig an der Fessel.

Fridolin zog ebenso kräftig zurück, folgte dem Goblin aber hinüber zu dem Regal. Das schlichte Möbelstück war aus schwarzem Holz gefertigt und besaß sechs Regalbretter. Von jedem der Bretter hingen drei kleine Köpfe herab, die an den Haaren aufgehängt waren, und starrten mit großen Augen ins Leere.

»Das sind keine echten Köpfe, oder?«, murmelte Fridolin. Die Haut war grau und sah aus wie Wachs, die Münder waren mit dicken Fäden zugenäht. Aus einem der Ohren krabbelte gerade ein **OHRENKNEIFER**. Er hielt eine Hand vor die Augen eines Kopfes und bewegte sie auf und ab. Die Pupillen starrten weiter geradeaus.

*Hier bewahrt Herr Oratio also die Halloween-Deko auf*, dachte Fridolin.

»Hm.« Pierre kratzte sich am Kinn. »Der da rechts vor deiner Nase …«

Fridolin schaute sich den Kopf genauer an. Er hatte einen Bart, der zu langen, schwarzen Zöpfen geflochten war. »Was ist damit?«

»Sein Auge hat gerade gezuckt.«

Fridolin machte einen Satz zurück. »Echt jetzt?«

»Ja, er tut nur so, als ob er uns nich' sieht.«

Mit klopfendem Herzen musterte Fridolin den Kopf, doch er konnte keine Regung erkennen.

Da begann Pierre loszuprusten, nur um sich schnell die Hände vor den Mund zu schlagen. »'tschuldigung«, sagte er und wischte sich eine Träne aus dem Augenwinkel, »aber du hast gerade genauso dämlich geguckt wie die Köpfe. Seid ihr zufällig verwandt?«

Fridolin ging wortlos an ihm vorbei, bis sich die Fessel zwischen ihnen straffte, und zog den immer noch kichernden Goblin hinter sich her. Es war an der Zeit, dass er ihn loswurde!

»Ey, die können eh nicht sprechen! Ihre Fressluken sind zugenäht – haste doch gesehen. Man wird ja noch mal 'nen Scherz machen dürfen!«

Fridolin antwortete nicht, sondern ging einfach weiter – direkt auf das Karussell zu, mit dem er Pierre vorhin geneckt hatte. War das wirklich eine gute Idee oder sollte er

lieber in die andere Richtung gehen – zu dem abgedeckten Aquarium, das neben der Eingangstür leise vor sich hin blubberte?

➔ Fridolin will Pierre ärgern, also ab zum Karussell. Spring auf Seite 151.

➔ Um des Friedens willen entscheidet sich Fridolin für das Aquarium. Erfahre auf Seite 183, ob das eine gute Idee war.

»Ey, ich *will* nich' aufs Mini-Karussell«, maulte Pierre, als er bemerkte, wohin Fridolin ihn zog. Doch er folgte ihm widerwillig zu dem Podest. »Ganz schön mutig von dir, mich so zu provozieren, Frida – immerhin könnte ich dich mit einem Schrei auffliegen lassen.«

»Ja, nur dass du dann auch ein Problem hättest. Wenn ich bis an mein **LEBENSENDE** Hausarrest kriege, kann es eine Weile dauern, bis du wieder in deine Welt kommst – und das, wo du es doch so eilig hast.«

»Bis an dein Lebensende?! Die Zeit lässt sich ja verkürzen …«, meinte Pierre mit einem Grinsen und hüpfte auf das niedrige Podest.

Beide betrachteten die Apparatur. Zwölf mit Wasser gefüllte und mit Korken verschlossene Glasflaschen waren in einem Kreis angeordnet. Von jedem Korken führte ein Draht über eine verschnörkelte Halterung nach oben zu einer großen Glocke.

»Sind das etwa Egel in den Flaschen?«, fragte Fridolin.

»Ja, voll egelich«, meinte Pierre und lachte, aber nur leise. »Ich glaub nich', dass uns das weiterbringt.«

»Das ist ein Egelbarometer«, sagte da eine durchdringende Kinderstimme.

»Nein, ein Sturmvorhersager«, mischte sich eine zweite schrille Stimme ein.

»Na ja, beides: ein Sturmegelvorherbarosager.«

Die Stimmen kicherten.

Pierre knuffte Fridolin mit dem Ellenbogen gegen das Schienbein und zeigte auf das Möbelstück neben ihnen – einen Sekretär mit vielen Fächern und Schubladen sowie einer ausklappbaren Schreibtischplatte. In zweien der aufgezogenen Schubladen saßen zierliche Wesen mit spitzen Ohren und Flügeln, die ihre Beine über den Schubladenrand baumeln ließen. Eines der beiden hatte die Hände hinter dem Kopf verschränkt.

»Sind das Elfen?«, flüsterte Fridolin staunend.

»Nee, schlimmer: Pixies«, sagte Pierre mit Grabesstimme.

➔ Um mehr zu erfahren, lies auf Seite 157 weiter.

Fridolin klopfte viermal gegen die Schublade. Erneut passierte nichts.

»Ey, mach das mal richtig!«, empörte sich Pierre.

Schnell ging Fridolin die Zahlen noch einmal durch: Bei *achtundzwanzig* hatte der erste Käfer vierzehnmal geklopft. Der zweite hatte bei *sechzehn* achtmal geklopft. Bei *acht* hatte der dritte Käfer viermal geklopft. Was war das richtige Klopfzeichen bei *sechs*?

Energisch klopfte er für einen neuen Versuch an die Phönixfederschublade.

Wieder wisperte die Stimme: »Sechs.«

→ Einmal. Ob du richtigliegst, erfährst du auf Seite 130.
→ Zweimal. Seite 137 bringt möglicherweise die Erleuchtung.
→ Fünfmal. Spring zur Seite 160.
→ Sechsmal. Blättere auf Seite 169.

»Was ist mit dem Bild da vorne?« Fridolin zog Pierre weiter zum nächsten Gemälde.

Es zeigte eine Unterwasserwelt mit bunten Korallen, Seesternen und Muscheln.

»Die haben keine Augen«, stellte Pierre trocken fest.

»Nee. Aber da unten, zwischen den Algen, ist eine Krake – die hat Augen.«

Pierre zuckte kurz zusammen. »Wo –? Ach, nur so 'ne Babykrake.«

»Hast du was gegen Kraken?«

»Nee, die sind ganz lecker. Ich dachte, du meintest 'ne Riesenkrake. Uägh, sind die ekelhaft!« Er schüttelte sich. »Okay, können wir jetzt weiter?«

→ Nö! Fridolin will sich weiter umschauen.
Lies auf Seite 164 weiter.

→ Klar, hier oben ist es eh langweilig. Die beiden treten den Rückweg an, blättere auf Seite 138.

»Das sagst du nur, damit ich *nicht* zum Mini-Karussell gehe«, meinte Pierre und marschierte voran. »Genau deswegen schauen wir uns das Ding jetzt an.« Er zog so kräftig wie möglich an der Fessel.

Fridolin zog zurück, folgte dem Goblin aber hinüber zu dem Podest.

»Ganz schön mutig von dir, mich so zu provozieren, Frida – immerhin könnte ich dich mit einem Schrei auffliegen lassen.«

»Ja, nur dass du dann auch ein Problem hättest. Wenn ich bis an mein **LEBENSENDE** Hausarrest kriege, kann es eine Weile dauern, bis du wieder in deine Welt kommst – und das, wo du es doch so eilig hast.«

»Bis an dein Lebensende?! Die Zeit lässt sich ja verkürzen …«, meinte Pierre mit einem Grinsen und hüpfte auf das niedrige Podest.

Beide besahen sich die Apparatur. Zwölf mit Wasser gefüllte und mit Korken verschlossene Glasflaschen waren in einem Kreis angeordnet. Von jedem Korken führte ein Draht über eine verschnörkelte Halterung nach oben zu einer großen Glocke.

»Sind das etwa Egel in den Flaschen?«, fragte Fridolin.

»Ja, voll egelich«, meinte Pierre und lachte, aber nur leise. »Ich glaub nich', dass uns das weiterbringt.«

»Das ist ein Egelbarometer«, sagte eine durchdringende Kinderstimme.

»Nein, ein Sturmvorhersager«, mischte sich eine zweite schrille Stimme ein.

»Na ja, beides. Ein **STURMEGELVORHERBAROSAGER.**«

Die Stimmen kicherten.

Pierre knuffte Fridolin mit dem Ellenbogen gegen das Schienbein und zeigte auf das Möbelstück neben ihnen – einen Sekretär mit vielen Fächern und Schubladen sowie einer ausklappbaren Schreibtischplatte. In zweien der aufgezogenen Schubladen saßen zierliche Wesen mit spitzen Ohren und Flügeln, die ihre Beine über den Schubladenrand baumeln ließen. Eines der beiden hatte die Hände hinter dem Kopf verschränkt.

»Sind das Elfen?«, flüsterte Fridolin staunend.

»Nee, schlimmer: Pixies«, sagte Pierre mit Grabesstimme.

➔ Lies auf Seite 157 weiter, um mehr über Pixies zu erfahren.

»Die Egel klettern bei aufkommendem Sturm nach oben«, erklärte einer der Pixies.

»Genau«, sagte der andere eifrig. »Dadurch lösen sie eine Drahtvorrichtung aus und lassen eine Glocke erklingen.«

»Je häufiger die Glocke ausgelöst wird …«, ergänzte der erste Pixie.

»… desto wahrscheinlicher ist ein Sturm!«, beendeten beide den Satz. Die Pixies grinsten sich an und klatschten sich ab.

»Bitte nicht so laut«, bat Fridolin die zwei nervös.

»Kann das Teil auch das **DONNERWETTER** seiner Mutter vorhersagen?«, fragte Pierre.

Die Pixies lachten so sehr, dass ihre Flügel wackelten.

»Schschschscht!«, machte Fridolin.

Augenblicklich waren die Pixies still und sahen ihn mit großen Augen an.

Er hob die Hand zum Mund und tat so, als würde er seine Lippen mit einem Reißverschluss verschließen, einen

Schlüssel in einem Schloss umdrehen und den Schlüssel wegwerfen.

Die Pixies sahen dem imaginären Schlüssel begeistert hinterher. Dann tauschten sie einen Blick und nickten sich schließlich entschlossen zu. Einer der **PIXIES** zeigte Fridolin einen Daumen nach oben.

Pierre stöhnte. »Jetzt freundet er sich auch noch mit Pixies an«, murmelte er.

»Könnt ihr uns sagen, wie der Goblin wieder durch den Spiegel kommt?«

Die Pixies runzelten die Stirn. Einer der beiden zeigte auf seine Ohren und schüttelte den Kopf, der andere zuckte nur mit den Schultern.

»Jetzt tun sie, als würden sie nichts hören«, bemerkte Pierre genervt.

»Danke, das habe ich auch verstanden.« Fridolin zeigte auf Pierre und dann in die Richtung, in der der Spiegel stehen musste, auch wenn man ihn hinter den Regalen nicht sehen konnte.

Einer der Pixies nickte daraufhin und erhob sich. Er zeigte auf seine Augen, ging dann in die Hocke und hielt die Hände über den Boden. Schließlich kam er wieder hoch und streckte die Arme über den Kopf. Der andere Pixie applaudierte lautlos.

»Pantomime, oder was?«, fragte Pierre. »Keine Ahnung, was das bedeuten soll.«

Der Pixie hielt erneut die Hände über den Boden und wiederholte die Bewegung.

»Na ja … vielleicht müssen wir einfach raten«, meinte Fridolin.

- ➔ Ganz klar, Knieprobleme! Lies auf Seite 166 weiter.
- ➔ Mit Sicherheit bedeutet das, große Augen zu machen. Blättere auf Seite 173.
- ➔ Ich wusste es schon immer: Sport ist Mord! Auf Seite 176 erfährst du, ob du richtigliegst.
- ➔ Das bedeutet bestimmt: Von klein nach groß. Wenn du das glaubst, spring zur Seite 179.
- ➔ Easy peasy! Das bedeutet, dem Gras beim Wachsen zuzusehen. Gehe zur Seite 190.

Fridolin klopfte fünfmal gegen die Schublade. Sofort öffnete sie sich.

Pierre zerrte so begeistert an Fridolins Hose, dass der sie am Bund festhalten musste. »Ich wusste, du packst es, Streberlin!«

Wieder streckte Fridolin sich und tastete mit den Fingern nach dem Inhalt der Schublade. Er stieß auf etwas Weiches, klemmte es zwischen zwei Fingern ein und zog es heraus. Augenblicklich schloss sich die Schublade wieder.

»Zeig her!«, rief Pierre.

Fridolin hielt seine Finger in den Schein des Handylichts: Dazwischen befand sich eine kleine, bauschige Feder, die in verschiedenen Pastelltönen schillerte.

»Die ist ja … winzig«, sagte Pierre verdutzt. »Ich hab mir Phönixfedern irgendwie mächtiger vorgestellt.«

»Hauptsache, die Hydra gibt uns dafür einen Tipp.«

Pierres Hand krallte sich wieder in Fridolins Hosenbein. Ohne die Feder aus den Augen zu lassen, sagte er mit Nachdruck: »Oder … wir gehen damit zum Spiegel und schauen, ob die Phönixfedermagie unser Problem direkt löst.«

Fridolin zögerte kurz, dann gab er zu: »Ich find die Hydra ganz schön gruselig. Meinst du, sie zockt uns die Feder ab und frisst uns einfach auf? Ich meine … *dich?*«

Pierre zog die Augenbrauen zusammen. »*Ich* hab keine Angst vor der Hydra.«

»Ich auch nicht!«, behauptete Fridolin.

»Also, gehen wir jetzt wieder hin oder schleichen wir uns an ihr vorbei?«

→ Jetzt aufgeben? Nie und nimmer? Blättere zur Seite 143, um der Hydra mutig gegenüberzutreten.

→ Der Hydra ist nicht zu trauen. Lies auf Seite 174 weiter, um an ihr vorbeizuschleichen.

»Ich halte das Mini-Karussell aber für eine gute Idee«, sagte Fridolin und ging los.

Pierre stemmte sich mit aller Macht gegen den Jungen. »Ich hab Nein gesagt!«, presste er zwischen zusammengebissenen Zähnen hervor.

Fridolin griff mit beiden Händen nach der Fessel und zog ebenfalls, so doll er konnte. Doch der Goblin bewegte sich nicht vom Fleck.

»Ich dachte, du hast es eilig«, sagte Fridolin mit knallrotem Kopf. Das Band schnitt in seine Handflächen.

»Nein heißt nein«, keuchte Pierre. Eine Ader auf seiner Stirn schwoll an und sein Gesicht verfärbte sich dunkel.

*Ich hab ihn ganz schön unterschätzt,* dachte Fridolin. *Na gut, dann eben so.* Er ließ die Fessel plötzlich los, sodass Pierre das Gleichgewicht verlor. Mit einem überraschten **»HÖ?«** landete er auf dem Hintern.

»Der Klügere gibt nach«, sagte Fridolin mit einem zufriedenen Grinsen.

Pierre schnaubte. »Stimmt gar nicht. Ich bin der Klügere.« Er rappelte sich auf. »Und deswegen entscheide ich jetzt auch, wo's langgeht!«

→ Die Schrankwand sieht spannend aus!
Lies auf Seite 139 weiter.

→ Wenn du zum Regal mit den Köpfen willst,
biege auf Seite 148 ab.

»Das nächste Bild ist aber auch cool!«, sagte Fridolin und zog Pierre weiter.

Das Gemälde zeigte eine Wüstenlandschaft, in der sich unter einem orange schimmernden Himmel riesige Sanddünen auftürmten. Im Vordergrund ragten weiße Knochen aus dem Sand hervor, zusammen mit einem Tierschädel, der in der Mitte eine große Aushöhlung vorwies.

»Wow«, sagte Pierre ehrfürchtig. »Ein Zyklopenschädel!«

Fridolin runzelte die Stirn und zeigte auf ein Schild, das neben dem Gemälde hing. »**ZYKLOP?** Hier steht, das ist ein Elefantenschädel.«

Pierre stutzte. »In eurer Dimension haben Elefanten nur ein Auge?«

Fridolin musste lachen. »Das ist ein Nasenloch, die Augenhöhlen sind hier an der Seite.«

»Na ja, was soll's, Streberlin«, sagte Pierre patzig. »Können wir jetzt *endlich* weiter?«

- → Auf gar keinen Fall! Hier gibt's noch so viel zu entdecken! Lies auf Seite 167 weiter.
- → Ab nach unten, hier ist es eh langweilig! Blättere zur Seite 138.

»Knieprobleme?«, fragte Pierre spöttisch.

Die Pixies prusteten los und schüttelten die Köpfe. Dann wiederholte der stehende Pixie die Bewegungen. Er zeigte erst auf seine Augen, ging dann in die Hocke und hielt die Hände über den Boden. Schließlich kam er wieder hoch und streckte die Arme über den Kopf.

→ Mit Sicherheit bedeutet das, große Augen zu machen.
Blättere auf Seite 173.

→ Ich wusste es schon immer: Sport ist Mord!
Auf Seite 176 erfährst du, ob du richtigliegst.

→ Das bedeutet bestimmt: Von klein nach groß.
Wenn du das glaubst, spring zur Seite 179.

→ Easy peasy! Das bedeutet, dem Gras beim Wachsen
zuzusehen. Gehe zur Seite 190.

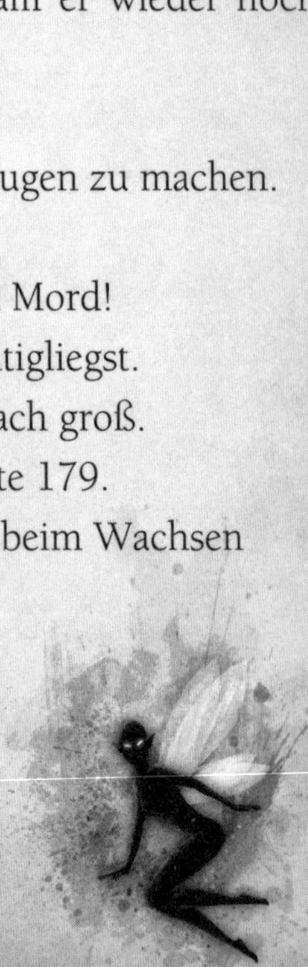

»Eins machen wir noch«, sagte Fridolin, der Spaß daran gefunden hatte, seinen Willen durchzusetzen. Er zog Pierre zum nächsten Gemälde.

»Ey, wie cool is' das denn?«, rief der Goblin aus. »Ein Spiegel, das unser Spiegelbild nicht zeigt!« Er begann auf und ab zu springen und mit den Armen zu wedeln.

Fridolin sah verwundert in den Spiegel und warf einen Blick über die Schulter. Er zeigte tatsächlich den Raum mit den Gemälden an der gegenüberliegenden Wand, den Deckenstrahlern, auch ein Stück des Meteoriten war zu sehen, aber … Pierre und er waren nicht da. Noch etwas kam ihm komisch vor. Er ging in die Hocke, aber die Perspektive änderte sich nicht.

»Fass ihn bloß nicht an!«, warnte Pierre mit strenger Stimme.

»Das ist gar kein Spiegel«, behauptete Fridolin.

»Ach nee? Is'n Elefantenschädel, oder was?«

»Das ist ein Gemälde, wie alle anderen auch.«

»Häh?« Pierre ließ seinen Blick durch den Raum wandern und beäugte dann wieder das Bild vor ihm. »Aber das ist doch der Raum, in dem wir stehen.«

»Ja, jemand hat das Bild gemalt, als wäre es ein Spiegel, der genau an dieser Stelle hier hängt.«

»Nur der Maler selbst ist nicht drauf«, sagte Pierre.

»Oder die Malerin«, fügte Fridolin hinzu.

»Eine **VAMPIR-MALERIN** ...«, flüsterte Pierre ehrfürchtig.

Fridolin sah ihn neugierig an. »Gibt es Vampire wirklich?«

Pierre prustete los. »Quatsch. Du glaubst auch jeden Blödsinn.« Er wandte sich ab und zog Fridolin mit sich. »Aber die Malerin könnte ein Geist gewesen sein ... Komm weiter, wir haben es eilig.«

Fridolin schmunzelte. So richtig weitergeholfen hatte das hier alles nicht. Oder?

→ Aber egal, weiter geht's auf Seite 138.

Fridolin klopfte sechsmal gegen die Schublade. Erneut passierte nichts.

»Ey! Biste doch kein Genie oder was?«, empörte sich Pierre.

Schnell ging Fridolin die Zahlen noch einmal durch: Bei *achtundzwanzig* hatte der erste Käfer vierzehnmal geklopft. Der zweite hatte bei *sechzehn* achtmal geklopft. Bei *acht* hatte der dritte Käfer viermal geklopft. Was war also das richtige Klopfzeichen bei *sechs*?

Energisch klopfte er für einen neuen Versuch an die Phönixfederschublade.

Wieder wisperte die Stimme: »Sechs.«


→ Einmal. Ob du richtigliegst, erfährst du auf Seite 130.

→ Zweimal. Seite 137 bringt möglicherweise die Erleuchtung.

→ Viermal. Blättere auf Seite 153.

→ Fünfmal. Spring zur Seite 160.

Pierre ging auf den Glaskasten zu, dessen Boden mit Steinen bedeckt und der mit Wasser gefüllt war. Er griff nach dem Tuch, das über das Aquarium geworfen worden war, und zog mit einem kräftigen Ruck daran. Da es sich an einer Ecke des Glaskastens verhakt hatte, ließ es sich jedoch nicht runterziehen. Wütend verschränkte er die Arme und schnauzte Fridolin an: »**EY,** jetzt hilf mir doch mal!«

Fridolin presste die Lippen aufeinander, um nicht loszulachen, hob das Tuch über die Ecke und zog es mit einem Ruck zu sich. Noch bevor er etwas in dem grellen Neonlicht erkennen konnte, stieß Pierre einen **SCHREI** aus und rief: »Deck's zu – schnell!« Sofort warf Fridolin das Tuch wieder über den Glaskasten und schaute Pierre erschrocken an.

Der Goblin war zurückgewichen, so weit es die Fessel zuließ, und starrte mit weit aufgerissenen Augen auf das unter dem Tuch verborgene Vivarium. Sein Brustkorb hob und senkte sich rasch.

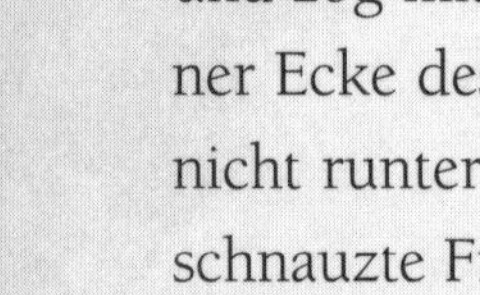

»Was war denn?«, fragte Fridolin besorgt – nicht nur wegen des Goblins, sondern vor allem wegen dessen lautem Schrei. Wenn das jemand gehört hatte …

»Da … da war ein … ein …« Pierre zitterte am ganzen Körper und zeigte unter das Tuch. »Ein Arm!« Er zerrte an der Fessel, um noch mehr Abstand zwischen sich und das Vivarium zu bringen.

»Ganz ruhig«, sagte Fridolin und ging ein paar Schritte mit. Was hatte den Goblin so erschreckt? Er beugte sich vor, um unter das Tuch zu spähen. In dem schmalen Schlitz zwischen Steinschicht und Tuch sah er nur Wasser … und einen langen, dünnen **TENTAKEL,** der mit seinen Saugnäpfen plötzlich gegen die Scheibe knallte.

Fridolin zuckte zurück. Er räusperte sich, um seinen Schock zu verbergen. »Was auch immer es ist: Es kann da nicht raus.«

»Ekelhaft!« Pierre schüttelte sich.

»Wir sind immer noch auf der Suche nach einem Meermann. Aber *ich* kann ja das nächste Mal unter die Tücher gucken.«

Pierre räusperte sich und stemmte die Hände in die Hüften. »Mach du mal – muss ja nich' immer alles ich regeln.«

Anscheinend fand der Goblin zu seiner alten Form zurück. *Das ging ja schnell,* dachte Fridolin. Aber ließ es sich natürlich nicht nehmen, auch mal ohne großen Widerstand die Richtung zu bestimmen.

→ Auf zum Aquarium neben der Tür, Wasser ist nämlich mein Element. Lies auf Seite 191 weiter.

→ Schwimmen ist doof! Ab zum Terrarium! Blättere zur Seite 58.

»Große Augen machen?«, fragte Pierre genervt.

Die Pixies kicherten und schüttelten die Köpfe. Dann wiederholte der stehende Pixie die Bewegungen. Er zeigte erst auf seine Augen, ging dann in die Hocke und hielt die Hände über den Boden. Schließlich kam er wieder hoch und streckte die Arme über den Kopf.


→ Ganz klar, Knieprobleme! Lies auf Seite 166 weiter.
→ Ich wusste es schon immer: Sport ist Mord!
Auf Seite 176 erfährst du, ob du richtigliegst.
→ Das bedeutet bestimmt: Von klein nach groß.
Wenn du das glaubst, spring zur Seite 179.
→ Easy peasy! Das bedeutet, dem Gras beim Wachsen zuzusehen. Gehe zur Seite 190.

»Lass uns abhauen«, flüsterte Fridolin. »Sicher ist sicher.«

»Ich denke schon, dass die Hydra uns weitergeholfen hätte, aber wenn *du* meinst«, erklärte sich Pierre mit einem Schulterzucken einverstanden.

Leise setzten sie einen Fuß vor den anderen und gingen zurück in Richtung Spiegel.

»Da lang«, sagte Fridolin und zeigte in die Richtung, aus der das flackernde Neonlicht kam.

»Aber der Spiegel ist rechts«, raunte Pierre zurück.

»Ja, aber wir wissen noch nicht genug.«

»Ey, wir haben eine **PHÖNIXFEDER!**«

»Das Letzte, was ich möchte, ist, den Spiegel zu beleben und mit ihm diskutieren zu müssen. Lass uns einfach so schnell wie möglich noch mehr Hinweise suchen, wie wir diese Fessel lösen können.«

Der Goblin knurrte, folgte Fridolin aber.

Als sie um das Regal am Ende des Raumes herumgingen, sahen sie neben dem riesigen Glaskasten mit den Dschungelpflanzen weitere abgedeckte Kästen an der Wand – einer davon war mit Wasser gefüllt, ein anderer war voller Erde, wie er unter dem Tuch erkennen konnte.

Unter welches Tuch sollten sie schauen?

➔ Erde ist mein Element: Lies auf Seite 58 weiter.
➔ Nichts geht über Wasser: Blättere auf Seite 41.

»Sport ist Mord«, behauptete Pierre.

Die Pixies grinsten und schüttelten die Köpfe. Dann wiederholte der stehende Pixie die Bewegungen. Er zeigte erst auf seine Augen, ging dann in die Hocke und hielt die Hände über den Boden. Schließlich kam er wieder hoch und streckte die Arme über den Kopf.

➔ Ganz klar, Knieprobleme! Lies auf Seite 166 weiter.
➔ Mit Sicherheit bedeutet das, große Augen zu machen. Blättere auf Seite 173.
➔ Das bedeutet bestimmt: Von klein nach groß. Wenn du das glaubst, spring zur Seite 179.
➔ Easy peasy! Das bedeutet, dem Gras beim Wachsen zuzusehen. Gehe zur Seite 190.

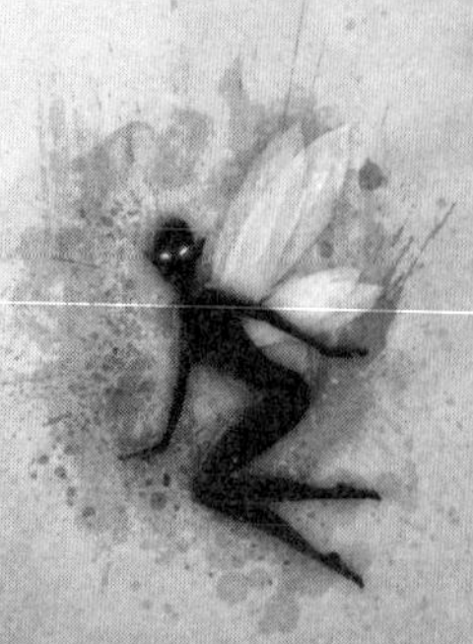

»Viva-Dings«, sagte Pierre.

»Einverstanden.« Fridolin folgte Pierre zu den Vivarien, die er schon anfangs in der Kuriositätensammlung gesehen hatte.

Nachdem der Goblin und er um eines der vielen Regale herumgegangen waren, sahen sie neben der Schiebetür das leise **BLUBBERNDE AQUARIUM** stehen, das bis zur Decke reichte und mit einem Tuch abgedeckt war.

»Ein Aquarium ist ein mit Wasser gefülltes Vivarium. Vielleicht meinte die Hydra das«, sagte Fridolin. »Aber hinter dem Regal da vorne stehen noch mehr davon.« Er zog Pierre mit sich, an der Schiebetür vorbei, um hinter das Regal zu schauen, wo das Neonlicht flackerte. Neben dem riesigen Glaskasten mit den Dschungelpflanzen standen weitere abgedeckte Kästen an der Wand – einer davon war ebenfalls mit Wasser gefüllt, aber nur halb so hoch wie das Aquarium neben der Schiebetür. Ein anderer Kasten war voller Erde, also ein Terrarium.

Der Goblin und er waren auf der Suche nach einem Meermann – unter welches Tuch sollten sie zuerst sehen?

➔ Ganz klar, unter das vom Aquarium neben der Tür. Lies auf Seite 191 weiter.

➔ Hier ist nichts, wie es scheint, deswegen sollten sie am besten unter das Tuch des Terrariums blicken. Blättere auf Seite 58.

➔ Das kleine Aquarium sah irgendwie verdächtig aus – gehe zur Seite 170.

»Von klein nach groß«, schlug Fridolin vor.

Die Pixies strahlten und machten das Daumen-hoch-Zeichen.

Pierre brummte mürrisch.

»Aber … was soll das bedeuten?«

»Na, was wohl?«, sagte Pierre. »Das ist die Reihenfolge, in der die Symbole aktiviert werden müssen.« Er warf den Pixies einen kurzen Blick zu.

Sie nickten eifrig zur Bestätigung und zeigten auf ihre Augen.

»Ah, ich hab's!«, rief Pierre begeistert. »Wir müssen etwas nach der Größe der Augen sortieren, von klein nach groß!«

Einer der Pixies deutete an, sich gegen die Stirn zu schlagen, der andere sank deprimiert gegen die Rückwand. Er reckte ihnen seine Faust entgegen und begann, einen Finger nach dem anderen hochzustrecken, als ob er zählen würde.

Fridolin überlegte und versuchte es mit: »Wir müssen die Augen nach der Anzahl sortieren?«

Plötzlich strahlten beide Pixies wieder.

»Von klein nach groß!«, fügte Pierre noch mal an. »Das hab ich ja gleich gesagt.«

Dann stand der Pixie, der eben noch gesessen hatte, auf und begann wieder etwas pantomimisch darzustellen. Er federte mit den Knien, krümmte den Rücken und ließ die Arme nach vorne baumeln. Dann kratzte er sich mit einem Arm ungelenk am Kopf und machte dabei ein dummes Gesicht.

»Ey … macht der etwa mich nach?«, fragte Pierre empört. Er ballte die Hände zu Fäusten und machte einen drohenden Schritt auf den Sekretär zu.

Daraufhin legte sich der Pixie noch mehr ins Zeug und sprang von einem Bein aufs andere.

»Ganz ruhig, Pierre«, sagte Fridolin. »Der will uns nur einen Tipp geben. Ich denke, das soll ein Affe sein.«

»Ey, der nennt mich Hampelaffe! Na warte, dir zeig ich's, du **POPELIGER PIXIE-PIMPF!**« Pierre stürmte los und versuchte, an den Schubladengriffen des Sekretärs hochzuklettern.

»Jetzt reiß dich mal zusammen!«, zischte Fridolin und packte den Goblin, bevor er die ausgeklappte Schreibtischplatte erreichen konnte. Er legte dem zappelnden Pierre beide Arme um die Hüften und zog ihn weg. »Eins der Symbole ist vermutlich ein Affe.«

»Lass mich –!«, rief Pierre.

Schnell hielt Fridolin ihm den Mund zu. Die Pixies hatten derweil innegehalten und sahen sie verwundert an. Fridolin warf ihnen einen entschuldigenden Blick zu und trug Pierre hinter das nächste Regal. Zum Abschied winkten die Pixies fröhlich.

Erst auf der anderen Seite des Raumes setzte Fridolin den Goblin ab. Sicherheitshalber entließ er ihn aber noch nicht aus seinem Griff und nahm auch nicht die Hand von seinem Mund. »Hast du dich wieder beruhigt?«, fragte er.

Der Goblin nickte.

»Okay, dann lasse ich dich los.« Langsam löste er seine Hand.

»Du sollst mich nicht anfassen!«, raunte Pierre. Er stieß Fridolin weg und brachte so viel Abstand zwischen sie beide, wie es die Fessel zuließ. Dann funkelte er ihn böse an.

»Was sollte ich denn machen? Du wolltest auf die Pixies losgehen!«

»Ja, aber nur ganz leise!«

Von der Decke ertönte ein Lachen. Beide schauten nach oben und Fridolin stellte fest, dass sie direkt unter dem Krokodil gelandet waren.

»Es war sehr amüsant, euch zuzuschauen, das muss ich schon sagen.«

»Schön für dich!« Pierre schnitt Kroko eine Grimasse.

»Ein dynamisches Duo seid ihr. Habt ihr denn alles erfahren, was ihr wissen müsst?«

»Darauf kannst du einen lassen, Kroko! Komm, wir gehen zum Spiegel, **FREDDEL.**« Der Goblin zog an der Fessel um sein Handgelenk.

Fridolin bewegte sich jedoch keinen Zentimeter. Er fasste sich an die Stirn und gab erschöpft zu: »Wir wissen immer noch nicht, wo wir die Symbole finden.«

»Da könnte ich euch einen guten Tipp geben.«

Pierre erstarrte.

Fridolin blickte hoffnungsvoll zu dem Krokodil auf. »Ja?«

»Aber nur, wenn ihr ›bitte‹ sagt.«

➔ »Bitte.« Lies auf Seite 196 weiter.

➔ »Ach ja? Und wenn nicht?«
Blättere zur Seite 199.

*Zum Aquarium,* dachte er und bog beim Schrank ab.

»Ey, du hast recht – lass uns zurückgehen. Wir knacken den Spiegel schon!«

»Nein. Wir kennen immer noch nicht alle Symbole«, sagte Fridolin und zog Pierre hinter sich her.

Als sie um eines der vielen Regale herumgingen und sich dem Neonlicht näherten, das Fridolin bereits beim Betreten der **KURIOSITÄTENSAMMLUNG** gesehen hatte, blieb Pierre plötzlich stehen und zog aufgeregt an der Fessel.

»Hier!«, sagte er nur und deutete auf den großen Glaskasten, der mit einem Tuch abgedeckt an der Wand neben der Schiebetür stand und fast bis zur Decke reichte. *Das Aquarium,* dachte Fridolin. Es blubberte immer noch friedlich vor sich hin. »Keine Ahnung, was da drin ist, aber ich hab ein gutes Gefühl.«

Fridolin griff nach dem Tuch und zog es mit einem Ruck herunter.

»Ey, das ist ein Meermann!«, sagte Pierre überrascht.

In dem Aquarium wuchsen grüne, blaue und rosafarbene Wasserpflanzen, die sich träge hin und her bewegten. Luftbläschen stiegen auf und kleine bunte Fische schwebten durch das Wasser. Zwischen den Blättern einer buschigen Pflanze schaute er hindurch: ein waschechter Meermann. Er war so groß wie Pierre, hatte eine grau-bläulich schimmernde Flosse und den Oberkörper eines Menschen.

Fridolin überlegte, wie alt der Meermann sein mochte, doch wegen des Barts und der langen braunen Haare, die er als Knoten auf dem Kopf trug, ließ sich das schwer sagen.

Der Meermann kam neugierig an die Scheibe geschwommen. »Hallo«, sagte er freundlich. »Ich habe selten Besuch – schon gar nicht von einem Goblin.« Er drehte eine elegante Pirouette und schaute Fridolin dann direkt in die Augen. »Habt ihr die Spiegelfalle ausprobiert?«

»Ähm … ja«, antwortete Fridolin und rieb sich das Handgelenk.

»Du kennst dich also damit aus, ja?«, fragte Pierre. »Dann sag uns mal, wie wir die Fessel wieder lösen. Wir sind ganz Ohr.«

»Hm, mal überlegen«, sagte der Meermann und tippte sich mit einem Finger gegen das Kinn. »Man muss die richtigen Symbole berühren … irgendwas mit einem Auge …«

»Ein **ZYKLOP!**«, rief Pierre begeistert.

»… irgendwas mit drei Köpfen … und irgendwas mit acht Beinen. In der Reihenfolge.«

*Okay, den Zyklopen als Symbol haben wir schon mal*, dachte Fridolin. *Acht Beine … Das muss die* **VOGELSPINNE** *sein. Aber drei Köpfe?*

»Das ist alles, was ich gehört habe. Ich konnte die Spiegelfalle ja nie selbst ausprobieren.« Er zuckte mit den Schultern.

»Okay, danke … Das hilft uns schon mal weiter«, sagte Fridolin.

»Könnt ihr mich bitte wieder zudecken? Das ist sonst so ungemütlich.«

»Na klar.« Fridolin bückte sich nach dem Tuch und warf es über das Aquarium. Dabei holte er so weit aus, dass er Pierre versehentlich an der Fessel mitzog.

»Ey, pass doch auf!«, meckerte der. »Jetzt wissen wir aber genug, oder? Ab zum Spiegel!«

➔ Nicht aufgeben! Lies auf Seite 188 weiter.

»Biblo-dings«, sagte Pierre.

»Einverstanden.« Fridolin bedankte sich bei der Hydra und folgte Pierre in die Richtung, in die die Hydra-Köpfe gedeutet hatten.

Als sie um die Ecke bogen, fanden sie jedoch keine Büchersammlung vor, sondern einen Snack-Automaten, der statt mit Schokoriegeln mit Papierrollen gefüllt war. Darüber stand in Neonschrift das Wort »Bibliothek«.

Pierre rümpfte die Nase. »**EY,** war das 'ne blöde Entscheidung. Ich wusste ehrlich gesagt nich', was ein Biblo-dings is'.«

»Ach was …«, sagte Fridolin nur.

»Lass uns verschwinden!« Pierre drehte sich um.

Doch Fridolin hielt ihn zurück. »Nee, jetzt schauen wir uns die Bibliothek auch an.«

Pierre knurrte, ließ sich aber zum Automaten ziehen. »Und wie funktioniert das jetzt?«, fragte er.

»Na ja, man wählt eigentlich die Nummer von einem Fach, aus dem man etwas haben möchte …«

»Hier ist nur *ein* Knopf!«, sagte Pierre und sprang hoch, um draufzuschlagen.

Der Automat begann zu dröhnen und zu rattern. Fridolin brach der Schweiß aus. Das war viel zu laut! Da fiel eine der Schriftrollen nach unten und die Geräusche verstummten abrupt. Erleichtert atmete Fridolin aus, bückte sich und griff in das Fach, um die Schriftrolle herauszuholen.

»Und was steht da jetzt drauf?« Pierre sprang aufgeregt auf und ab.

Fridolin rollte das Papier auseinander und las leise vor: »Die Liebe siehet durch die Phantasie, nicht durch die Augen, und deswegen wird der goldbeschwingte Amor blind gemalt.«

Pierre nickte auffordernd. »Ja, weiter! Was ist mit dem blinden Amor? Wird er von einer **HYDRA** gefressen? Von **SKORPIONEN** gestochen? Von einer Spiegelfalle gefesselt?«

»Das war's schon.« Fridolin hielt ihm den Zettel hin.

»Was is' das denn für 'ne blöde Bremsbirne! Das hilft uns ja null weiter!«

Fridolin zuckte mit den Schultern, faltete den Zettel und steckte ihn in die Hosentasche. »War einen Versuch wert«, sagte er.

→ Schnell, auf Seite 177 geht's weiter!

Sie gingen zielstrebig auf den Spiegel zu, der unscheinbar in der Ecke stand. Als von der Decke ein bekanntes Lachen ertönte, blieben sie stehen und sahen nach oben – sie standen wieder einmal direkt unter dem Krokodil.

»Es war sehr amüsant, euch zuzuschauen, das muss ich schon sagen.«

»Schön für dich!« Pierre schnitt ihm eine Grimasse.

»Ein richtiges dynamisches Duo seid ihr. Habt ihr denn alles erfahren, was ihr wissen müsst?«

»Darauf kannst du einen lassen, Kroko! Komm, wir gehen zum Spiegel, **FREDDEL**.« Pierre zog an der Fessel.

Fridolin bewegte sich jedoch keinen Zentimeter. Er fasste sich an die Stirn und gab erschöpft zu: »Wir wissen immer noch nicht, *wo* wir die Symbole finden.«

»Da könnte ich euch einen guten Tipp geben.«

Pierre hörte auf, an der Fessel zu zerren.

Fridolin blickte hoffnungsvoll zu dem Krokodil auf. »Ja?«

»Aber nur, wenn ihr ›bitte‹ sagt.«

»Ach ja? Und wenn nicht?«, fragte Pierre.

»Dann kriegen wir keine Antwort, ist doch logisch«, sagte Fridolin.

Pierre schnaubte.

»Ich könnte auch ganz laut nach Meister Oratio rufen …«, bemerkte das Krokodil in unschuldigem Tonfall. »Dann wird es bestimmt richtig amüsant.«

»Mach doch!«, sagte Pierre.

Das Krokodil holte tief Luft und –

»Halt!« Fridolin hob beschwichtigend die Hände. »Ignorier den Goblin einfach. Wie lautet dein Tipp?«

»Ich hab das Zauberwort noch nicht gehört.«

➔ »Bitte!« Lies auf Seite 196 weiter.

➔ »Aber zackig!« Blättere zur Seite 215.

»Dem Gras beim Wachsen zusehen?«, fragte Pierre und hob verwirrt die Schultern.

Die Pixies deuteten ein Lachen an und hielten sich kopfschüttelnd die Bäuche. Dann wiederholte der stehende Pixie die Bewegungen. Er zeigte erst auf seine Augen, ging dann in die Hocke und hielt die Hände über den Boden. Schließlich kam er wieder hoch und streckte die Arme über den Kopf.

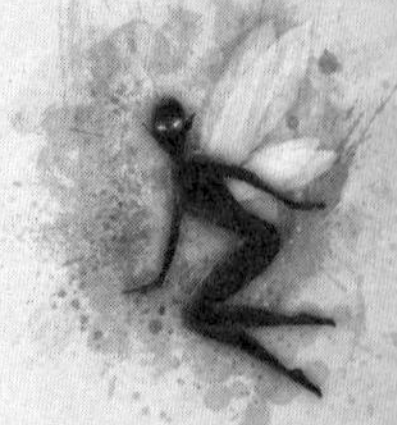

→ Ganz klar, Knieprobleme! Lies auf Seite 166 weiter.

→ Mit Sicherheit bedeutet das, große Augen zu machen. Blättere auf Seite 173.

→ Ich wusste es schon immer: Sport ist Mord. Wenn du glaubst, dass das die richtige Antwort ist, hüpf zur Seite 176.

→ Das bedeutet bestimmt: Von klein nach groß. Wenn du das glaubst, spring zur Seite 179.

»Der Meermann ist vermutlich im Wasser und ziemlich groß«, sagte Fridolin und ging auf das Aquarium neben der Schiebetür zu. Doch bevor er das Tuch herunterziehen konnte, fiel sein Blick auf eine Vitrine, die unauffällig daneben stand. »Oh, schau mal!«

»Ey, wir sind hier nich' zum Bummeln!«

Fridolin zog Pierre hinter sich her, um sich die Vitrine genauer anzusehen.

»Ist das unser Meermann?«

»Hä? Ich seh nix – is' zu hoch!«

In der Vitrine lag eine Kreatur, die aussah wie die hässlichste Meerjungfrau, die Fridolin sich vorstellen konnte. Der Unterkörper war definitiv der eines Fisches, aber der Oberkörper hatte etwas Affenartiges an sich. Auf einem Zettel, der in der Vitrine lag, stand: »Meerjungfrau aus dem Fluss Yangtze, China«.

Pierre sprang an der Vitrine hoch, um etwas zu erkennen. Fridolin hatte schließlich Mitleid mit ihm, packte ihn am

Nacken und hob ihn hoch. Der Goblin zappelte und beschwerte sich lauthals: »Ey, lass los!«

**»SCHHHHT!«,** machte Fridolin.

Schnell schlug sich Pierre die Hand vor den Mund und war still. »'tschuldigung!« Dann blickte er auf das merkwürdige Wesen und begann zu prusten.

Verärgert ließ Fridolin ihn auf den Boden plumpsen. »Was ist?«, fuhr er ihn an.

»Ey, ich wollt' ja leise sein, aber … Echt jetzt?! Das is' kein Meermann.«

»Ja, schon klar – dann halt 'ne Meerjungfrau. Steht ja auch auf dem Zettel.«

Pierre schüttelte grinsend den Kopf. »Nee, das is' überhaupt nix. Das is' nur 'ne Puppe, die man auf 'ne tote Fischhälfte geschraubt hat.« Er ging auf das große Aquarium zu und zog mit einem Ruck das Tuch herunter. »*Das* ist unser Meermann!«

In dem Aquarium wuchsen grüne, blaue und rosafarbene Wasserpflanzen, die sich träge hin und her bewegten. Luftbläschen stiegen auf und kleine bunte Fische schwebten durch das Wasser. Zwischen den Blättern einer buschigen Pflanze schaute er hindurch: ein waschechter Meermann. Er war so groß wie Pierre, hatte eine grau-bläulich schimmernde Flosse und den Oberkörper eines Menschen.

Fridolin überlegte, wie alt der Meermann sein mochte,

doch wegen des Barts und der langen braunen Haare, die er als Knoten auf dem Kopf trug, ließ sich das schwer sagen.

Der Meermann kam neugierig an die Scheibe geschwommen. »Hallo«, sagte er freundlich. »Ich habe selten Besuch – schon gar nicht von einem Goblin.«

»Wer ist deine Freundin da drüben?«, fragte Pierre und machte eine Kopfbewegung Richtung Vitrine.

Der Meermann seufzte. »Meister Oratio meint, die Menschen wären noch nicht bereit für Meermenschen. Daher zeigt er ihnen diese … Puppe.« Er schnitt eine Grimasse. »Es ist zu meiner Sicherheit.« Er drehte eine elegante Pirouette im Aquarium und schaute Fridolin dann direkt in die Augen. »Habt ihr die Spiegelfalle ausprobiert?«

»Ähm … ja«, antwortete Fridolin und rieb sich das Handgelenk.

»Du kennst dich also damit aus, ja?«, fragte Pierre. »Dann sag uns mal, wie wir die Fessel wieder lösen. Wir sind ganz Ohr.«

»Hm, mal überlegen«, sagte der Meermann und tippte sich mit einem Finger gegen das Kinn. »Man muss die richtigen Symbole drücken … irgendwas mit drei Köpfen … und irgendwas mit acht Beinen.«

**ACHT BEINE** … *Das muss eine Spinne sein,* dachte Fridolin. *Aber drei Köpfe?*

»Das ist alles, was ich gehört habe. Ich konnte die Spiegelfalle ja nie selbst ausprobieren.« Er zuckte mit den Schultern.

»Okay, danke … Das hilft uns schon mal weiter«, sagte Fridolin.

»Ey, haste zufällig 'nen Magneten?«, fiel Pierre in diesem Moment ein.

»Ja, habe ich«, strahlte der Meermann und machte eine weitere Pirouette.

»Können wir den haben?«

»Hm, das ist schwierig …«

»Ey, was is' daran schwierig? Das is' 'ne einfache Ja-Nein-Frage!«

»Nun«, der Meermann tippte sich wieder gegen das Kinn, »ich habe zwei Haarnadeln, aber nur eine davon ist magnetisch – und ich weiß nicht, welche.«

»Dann gib uns doch beide«, schlug Pierre vor.

Der Meermann sah ihn entsetzt an. »Die brauche ich doch für meine Haare! Nein, tut mir leid, aber ihr könnt höchstens eine haben.« Er zog die Haarnadeln aus seinem Dutt und schüttelte den Kopf, sodass seine Haare im Wasser schwebten. Dann hielt er ihnen beide Nadeln an die Scheibe. Als er sie an den stumpfen Enden zusammenführte und eine losließ, hingen sie aneinander fest. »Seht ihr? Aber welche davon ist der Magnet und welche wird nur magnetisch angezogen?« Er hob fragend die Augenbrauen, zog die Nadeln auseinander und hielt sie wieder vor die Scheibe. »Welche wollt ihr haben?«

Fridolin beugte sich vor. Die Nadeln sahen identisch aus.

Er sah aus dem Augenwinkel, wie Pierre die Hände zu Fäusten ballte. Er hatte doch wohl nicht vor, gegen die Scheibe zu schlagen? Was das für einen **KRACH** machen würde! »Ganz ruhig«, raunte er dem Goblin zu. »Wir finden schon heraus, welche der Nadeln der Magnet ist.«

Fridolin wandte sich wieder dem Meermann zu. Gab es eine Möglichkeit, die Nadeln so zusammenzuführen, dass deutlich wurde, welche der Magnet war?

➔ Nichts einfacher als das: die Nadeln einfach längs nebeneinanderhalten. Lies auf Seite 198 weiter.

➔ Oder war die Lösung, mit den Nadeln ein Kreuz zu formen? Wenn du glaubst, dass das die richtige Antwort ist, blättere auf Seite 200.

➔ Eine Nadel muss mit der Spitze an die Mitte der anderen gehalten werden. Das ist die Lösung? Dann spring schnell auf Seite 205, um zu sehen, ob du richtigliegst.

»Auf keinen Fall!«, rief Pierre. »Dich kriechenden Klokopp bitten wir ganz bestimmt nicht um –«

Fridolin holte tief Luft und schloss die Augen. Dann sagte er mit ruhiger, fester Stimme: »Bitte, gib uns einen Tipp.«

Pierre warf die Hände in die Luft und stöhnte auf.

Das Krokodil lachte. »Na gut – weil du mich so lieb gebeten hast. Ihr müsst den Spiegel beim Namen nennen.«

Fridolin und Pierre sahen das Krokodil erwartungsvoll an, doch es fügte seiner Aussage nichts weiter hinzu.

»Das war's schon?«, fragte Pierre empört.

»Was wollt ihr denn noch wissen?«

»Na ja, wie der Name lautet«, sagte Fridolin.

»Das habe ich euch vorhin schon gesagt.«

»Oh.« Die beiden blickten einander ratlos an. »Ähm … könntest du ihn *bitte* wiederholen?«, bat Fridolin das Krokodil.

Es schüttelte den Kopf. »Tut mir leid, dass ihr nicht aufgepasst habt. Vielleicht hättet ihr euch weniger streiten sollen.«

»Ey, das is' schon 'ne Ewigkeit her! Gib uns wenigstens 'nen Tipp!«

»Na gut, Goblin … aber nur, wenn du auch ›bitte‹ –«

»Ja, schon gut! Bitte, bitte, *bitte!*«, leierte Pierre herunter und zog dabei eine Grimasse. »Und jetzt sag schon!«

»Es ist ein chinesischer Spiegel mit einem chinesischen Namen.«

Wieder tauschten Fridolin und Pierre einen Blick aus.

»Nee, da klingelt nichts«, sagte Fridolin.

»Pff, wir probieren einfach die zehn beliebtesten chinesischen Babynamen aus – einer davon wird's schon sein. Komm, wir kriegen das hin!«

Fridolin bedachte das KROKODIL an der Decke mit einem finsteren Blick. Als sich die Fessel an seinem Handgelenk straffte, weil Pierre bereits zum Spiegel unterwegs war, rief er mit gedämpfter Stimme hinauf: »Danke für die tolle Hilfe!«

»Da nicht für«, erwiderte das Krokodil schmunzelnd.

→ Jetzt aber schnell, auf Seite 201 geht's weiter.

»Halte die Nadeln doch bitte mal längs nebeneinander.«

Der Meermann zuckte mit den Schultern und tat Fridolin den Gefallen. Die Nadeln klebten zusammen – aber welche von beiden der Magnet war, war so auch nicht zu erkennen.

»Ey, war ja 'ne mega Idee!«

»Ja, schon gut.« *Dann halt anders.*

➔ Die Nadeln müssen ein Kreuz formen.
Lies auf Seite 200 weiter.

➔ Eine Nadel muss mit der Spitze an die Mitte der anderen gehalten werden. Das ist die Lösung?
Dann spring schnell auf Seite 205, um zu sehen, ob du richtigliegst.

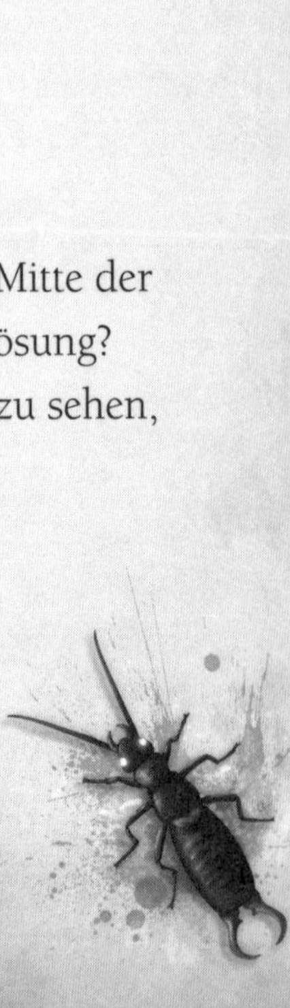

»Ach ja? Und wenn nicht?«, fragte Pierre.

»Dann kriegen wir keine Antwort, ist doch logisch«, sagte Fridolin.

Pierre schnaubte.

»Ich könnte auch ganz laut nach Meister Oratio rufen …«, bemerkte das Krokodil in unschuldigem Tonfall. »Dann wird es bestimmt richtig amüsant.«

»Das wagst du nicht!«, sagte Pierre und reckte Kroko eine Faust entgegen.

Das Krokodil blickte Fridolin an. »Also?«

→ »Bitte.« Blättere zur Seite 196.

»Mach mit den Nadeln doch bitte mal ein X, Nadelmitte auf Nadelmitte.«

Der Meermann schaute Fridolin fragend an, folgte aber seiner Anweisung. Er formte mit den Nadeln ein Kreuz und ließ dann eine der beiden los, woraufhin sie hinuntersank. »Huch«, sagte der Meermann und fing sie schnell wieder auf. »Ist der Magnet kaputt?«

»Nein«, sagte Fridolin, der sich plötzlich an etwas erinnerte, das einmal im Physikunterricht besprochen worden war. »Magnete sind nur an den Polen magnetisch, nicht in der Mitte.« Okay, also musste er irgendetwas anderes mit den Nadeln machen …

→ Nichts einfacher als das: die Nadeln einfach längs nebeneinanderhalten. Lies auf Seite 198 weiter.

→ Eine Nadel muss mit der Spitze an die Mitte der anderen gehalten werden. Das ist die Lösung? Dann spring schnell auf Seite 205, um zu sehen, ob du richtigliegst.

Sie standen vor dem Spiegel, immer noch aneinandergefesselt.

Fridolin legte eine Hand auf die Scheibe, die sich fest und kühl anfühlte. Sein Spiegelbild zeigte ihn selbst – wie ein ganz normaler Spiegel.

Pierre stemmte sich mit beiden Händen gegen die Spiegelfläche, kam aber nach wie vor nicht hindurch. »SPECKIGER SPIEGELSPACKEN!«

Fridolin musste lachen. »Woher nimmst du immer diese Wörter?«

»Fallen mir ganz spontan ein«, antwortete Pierre mit Stolz in der Stimme. »Okay, dann hau mal die ersten chinesischen Namen raus, die du kennst, Fridorinho!«

»Ich? Ähm … Jackie Chan und … ähm –«

»Jackie ist doch kein chinesischer Name!«, unterbrach Pierre ihn.

»Wie wär's mit … Mulan?«

Pierre schüttelte den Kopf. »Tut sich nix. Mach weiter!«

»Das war's schon. Sag du doch auch mal was!«

»Ich bin ein Goblin! Woher soll ich chinesische Namen kennen?«

»Ach, vergiss es.« Fridolin fuhr sich durch die Haare. Wenn er sich ein wenig konzentrierte, fiel ihm vielleicht wieder ein, wie der Name des Spiegels lautete … Wie hatte das Krokodil ihn genannt?

→ Beijing. Lies auf Seite 217 weiter.
→ Huáng Shān. Blättere zur Seite 219.
→ Jìngzi. Auf Seite 223 erfährst du, ob du richtigliegst.
→ Níngméng. Spring zur Seite 229.
→ Xióngmāo. Geh zur Seite 231.
→ Yangtze. Hüpf auf Seite 233.

Sie konnten doch nicht einfach drauflosraten! Plötzlich fiel ihm wieder die Wahrsagekugel von vorhin ein. Hatte sie nicht etwas von einem Namen gesagt? Er wirbelte herum und suchte das Regal, in dem sie lag … Da vorne war es!

»Komm mit!« Er zog Pierre hinter sich her. Dort angekommen, hob er vorsichtig die schwarze Kugel hoch. Tatsächlich! Auf der glasigen Oberfläche stand immer noch in leuchtenden Buchstaben: *Der Name hat nur zwei verschiedene Vokale.*

»Was machst du da?«, fragte Pierre irritiert.
»Ich probier was aus«, murmelte Fridolin.
»Probier schneller, Fridolino!«

→ Fridolin schüttelt die Wahrsagekugel, lies auf Seite 204 weiter.
→ Tipps sind langweilig, Fridolin will lieber sofort raten. Dann wähle eine Antwort auf Seite 202.

»Verrate mir den Namen«, murmelte Fridolin und schüttelte die Kugel kräftig mit beiden Händen. Die Buchstaben auf der Oberfläche verschwammen und gleich darauf tauchte ein neuer Satz auf: *Der Name enthält mindestens ein i.*

»Na toll.«

»Weißte jetzt Bescheid?«, fragte Pierre.

Fridolin seufzte. Wusste er genug, um das Rätsel zu lösen? Oder sollte er lieber noch mal schütteln?

➔ Fridolin schüttelt lieber noch mal.
Lies auf Seite 207 weiter.

➔ Ich hab's! Wähle eine Antwort auf Seite 202.

»Halte doch bitte mal eine der Nadeln mit der Spitze an die Mitte der anderen Nadel, so wie ein T«, bat Fridolin.

Der Meermann folgte der Anweisung. Wieder blieben die Nadeln aneinander hängen. »Und nun?«, fragte er.

»Ey, das hilft uns voll nich' weiter!«

»Doch, tut es. Die Nadel, die mit der Spitze die andere berührt, ist der Magnet«, sagte Fridolin stolz.

»Wieso denkst du das?«, fragte der Meermann neugierig.

»Ein Magnet ist an den Polen magnetisch, also an den Nadelspitzen, aber nicht exakt in der Mitte. Wenn die andere Nadel der Magnet wäre, hätten sie nicht zusammengehalten.«

»Okay, wenn du meinst …«, sagte der Meermann. Er schwamm zum oberen Rand des Aquariums und ließ die gewünschte Nadel herunterfallen. Mit einem leisen Klirren landete sie auf dem Boden.

Pierre hob sie sofort auf.

»Danke schön«, sagte Fridolin lächelnd.

»Könnt ihr mich bitte wieder zudecken? Das ist so ungemütlich.«

»Na klar.« Fridolin bückte sich nach dem Tuch und warf es über das Aquarium. Dabei holte er so weit aus, dass er Pierre versehentlich an der Fessel mitzog.

»Ey, pass doch auf!«, meckerte der.

Fridolin aber war mit den Gedanken woanders. Jetzt hatten sie einen Magneten, aber sollten sie es wirklich wagen, zu seiner Mutter und Herrn Oratio in den Ausstellungsraum zu gehen und damit eine der Skulpturen zum Leben zu erwecken? Er konnte sich einfach nicht entscheiden. »Hey«, sagte er beiläufig zu Pierre, »sollen wir noch in das andere Vivarium schauen?«

➔ Klar! Zum Vivarium geht es auf Seite 63.
➔ Brauchen wir nicht! Zur Skulptur im Ausstellungsraum kommst du auf Seite 210.

»Mach schon, Kugel!«, flüsterte Fridolin und schüttelte erneut. Wieder verschwammen die Buchstaben für einen Moment und formten kurz darauf einen neuen Satz: *Der Name enthält kein e.*

»Und? Weißte den Namen?«, fragte Pierre, der ungeduldig an Fridolins Hosenbein zog.

»Na ja, so ganz genau immer noch nicht.«

»Dann nuschel einfach 'n bisschen. Wird schon klappen«, drängelte Pierre.

➜ Zurück zum Rätsel, ist doch klar!
Gehe zur Seite 202.

Sie gingen zielstrebig auf den Spiegel zu, der unscheinbar in der Ecke stand. Als von der Decke ein bekanntes Lachen ertönte, blieben sie stehen und sahen nach oben – sie standen wieder einmal direkt unter dem Krokodil.

»Es war sehr amüsant, euch zuzuschauen, das muss ich schon sagen.«

»Schön für dich!« Pierre schnitt ihm eine Grimasse.

»Ein dynamisches Duo seid ihr. Habt ihr denn alles erfahren, was ihr wissen müsst?«

»Darauf kannst du einen lassen, Kroko! Komm, wir gehen zum Spiegel, **FREDDEL!**« Pierre zog an der Fessel.

Fridolin bewegte sich jedoch keinen Zentimeter. Er fasste sich an die Stirn und gab erschöpft zu: »Wir wissen immer noch nicht, *wo* wir die Symbole finden.«

»Da könnte ich euch einen guten Tipp geben.«

Pierre hörte auf, an der Fessel zu zerren.

Fridolin blickte hoffnungsvoll zu dem Krokodil auf. »Ja?«

»Aber nur, wenn ihr ›bitte‹ sagt.«

»Ach ja? Und wenn nicht?«, fragte Pierre.

»Dann kriegen wir keine Antwort, ist doch logisch«, sagte Fridolin.

Pierre schnaubte.

»Ich könnte auch ganz laut nach Meister Oratio rufen …«, bemerkte das Krokodil in unschuldigem Tonfall. »Dann wird es bestimmt richtig amüsant.«

»Mach doch!«, sagte Pierre. »Der ist überhaupt nicht da.«

Das Krokodil stutzte und schaute besorgt zur Schiebetür. »Nein? Ist alles in Ordnung? Ihr habt ihm doch nicht etwa …«

»Er ist nur kurz einen Kaffee trinken«, beruhigte Fridolin ihn. »Wie lautet dein Tipp?«

»Ich hab das Zauberwort noch nicht gehört.«

➔ »Bitte!« Auf Seite 196 geht's weiter.
➔ »Aber zackig!« Lies auf Seite 215 weiter.

»Quatsch, wir gehen die Skulptur aufwecken. Wozu haben wir uns sonst den Stress mit dem Magneten gemacht?«, sagte Pierre und zog Fridolin durch die Kuriositätensammlung zu der Tür, die in den Ausstellungsraum führte. »Wir müssen hier durch, richtig?«

Der Goblin legte bereits beide Hände an die Schiebetür, als Fridolin neben ihm in die Hocke ging und ihn eindringlich ansah.

»Pierre, meine Mutter darf auf keinen Fall mitkriegen, dass ich irgendetwas angefasst habe.«

»**EY,** ich bin doch nich' blöd! Das hab ich schon kapiert.«

Fridolin war sich da nicht so sicher, behielt das aber lieber für sich. Er fasste Pierre an den Schultern, um dessen volle Aufmerksamkeit zu erhalten.

»Pierre! Du. Musst. Leise. Sein«, betonte Fridolin jedes Wort.

Der Goblin wand sich aus seinem Griff und antwortete mit hochgezogener Augenbraue: »*Du* musst deine Mutter ablenken. *Ich* regele das mit der Skulptur.« Mit diesen Worten schob er die Tür einen Spalt auf und schlüpfte hindurch.

Prompt knallte Fridolin mit dem Knie gegen den Rahmen, weil er dem renitenten Goblin nicht schnell genug folgen konnte. Er fluchte innerlich, während er sich an der Fessel hinter Pierre herziehen ließ und in den eleganten Ausstellungsraum stolperte.

Seine Mutter und Herr Oratio sahen vom anderen Ende des Raumes aus zu ihm herüber. Schnell stellte Fridolin sich so neben eine der Skulpturen, einen majestätisch wirkenden Gorilla im Schneidersitz, dass weder Pierre noch die Fessel, die sie miteinander verband, zu sehen war, und lächelte unschuldig.

»Warum grinst du so? Hast du etwas ausgefressen?«, fragte seine Mutter sofort.

Fridolin ließ die Mundwinkel fallen. Anscheinend war sie immer noch sauer auf ihn. »Nein! Ich, ähm … wollte nur mal schauen … wie es hier so läuft. Hast du was Schönes gefunden?«

Pierre zerrte an der Fessel.

*Halt still!*, dachte Fridolin.

»Wir sind noch nicht ganz durch. Herr Oratio wollte mir noch ein paar Skulpturen zeigen … Du musst dich also noch etwas gedulden«, sagte seine Mutter und kehrte ihm den Rücken zu.

Herr Oratio, der neben ihr stand, betrachtete Fridolin einen Moment lang nachdenklich. »Ich hoffe, meine Kuriositätensammlung kann dich ein wenig begeistern … aber es kommt ja immer auf *die Augen* an, die Spiegel der Seele.« Er zwinkerte ihm zu und setzte dann das Gespräch mit Fridolins Mutter fort.

Fridolin stutzte. **»AUGEN«** und **»SPIEGEL«** … War das ein versteckter Hinweis? Wusste Herr Oratio, dass er die Spiegelfalle ausgelöst hatte? Flink folgte er Pierre hinter die Gorillaskulptur und war heilfroh, dass in der Zwischenzeit keine anderen Kunden in den Laden gekommen waren.

»Da vorne«, flüsterte Pierre und zeigte mit der Magnethaarnadel auf eine Skulptur, die etwa zwei Meter entfernt stand.

Es musste die richtige sein, da es die einzige Menschengestalt war. *Ausgerechnet eine nackte Frau mit langen, wallenden Haaren* … Fridolin seufzte innerlich auf. Wenn seine Mutter ihn dort herumlungern sah, würde sie vermutlich sonst was denken. Leider half es nichts – und Pierre zog bereits an der Fessel. Also folgte er dem Goblin so schnell es ging zu der Frauenskulptur und ging mit Pierre dahinter in Deckung. Hoffentlich beschäftigte Herr Oratio seine Mutter noch eine Weile …

Plötzlich kam Fridolin ein unschöner Gedanke. Würden sie die Skulptur überhaupt aufwecken und mit ihr reden können, ohne dass die Erwachsenen etwas davon mitbekamen? Er spürte sein Herz gegen seine Brust hämmern.

Pierre hielt den Magneten gerade gegen einen Zeh der Skulptur, als sie Herrn Oratio sagen hörten: »Frau Vigo, wie wäre es mit einer kleinen Stärkung? Nebenan wird ein wunderbarer Kaffee gebrüht. Wir können dort alles Weitere besprechen.«

Schnell erhob Fridolin sich und tat so, als würde er die Frauenskulptur interessiert, aber nicht *zu* interessiert betrachten. Seine Mutter warf ihm einen nicht zu deutenden Blick zu, als sie den nackten Frauenkörper wahrnahm. Sie öffnete den **MUND,** um etwas zu sagen –

Da meinte Herr Oratio mit leiser Stimme: »Der Junge hat gezeigt, dass man ihn für eine Weile allein lassen kann. Erlauben Sie mir, Sie auf ein Tässchen einzuladen.«

Fridolins Mutter lächelte erfreut und sagte: »Sehr gerne.«

Ohne einen Blick zurück führte Herr Oratio sie aus dem Laden.

»Ey, der steht voll auf unserer Seite«, freute sich Pierre.

Fridolin atmete erleichtert aus. *Wahrscheinlich weiß Herr Oratio genau, was ich getan habe, und will nur vermeiden, dass meine Mutter ausrastet …* Dann betrachtete er erneut die Skulptur. »Aufgeweckt hat sie der Magnet aber nicht.«

»Nee, is' mir auch schon aufgefallen. Vielleicht is' er kaputtgegangen, als er auf den Boden gefallen is'.« Er hielt sich die Nadel dicht vor die Augen. »Ey, hier steht was drauf!«

»Was denn?« Fridolin beugte sich vor.

»Lies du!« Pierre hielt ihm die Nadel hin.

»Kannst du etwa nicht …? Egal.« Fridolin besah sich die Nadel. In feinsten Buchstaben war darauf das Wort »osculum« eingraviert.

»Hm, ›osculum‹. Weißt du, was das bedeutet?«

Pierre stöhnte genervt und wedelte mit einer Faust durch die Luft. »**EY**, warum muss das alles so kompliziert sein? Kann diese Skulptur nicht einfach sagen, was sie uns zu sagen hat?«

»Reg dich ab«, sagte Fridolin. Er nahm Pierre die Magnetnadel ab und richtete sich wieder auf. Musste der Magnet vielleicht an eine bestimmte Stelle gehalten werden?

→ Klar, an die Stirn. Auf Seite 216 erfährst du, ob du richtigliegst.
→ Natürlich an die Augen. Hüpfe zur Seite 218.
→ Ganz klar der Mund. Lies auf Seite 220 weiter.
→ Ans Herz! Geh zur Seite 228.

»Aber zackig«, befahl Pierre mit breitem Grinsen.

Das Krokodil schwieg.

Fridolin seufzte. *So wird das nichts,* dachte er und sagte: »Also gut …«

→ Lies auf Seite 196 weiter.

Fridolin stellte sich auf die Zehenspitzen, um den Magneten an die Stirn der Skulptur zu halten. Er wartete einen Moment, dann ließ er die Nadel sinken und atmete laut aus.

»Ey, das bringt voll nix. Dieser blöde Meermann!«

Was könnten sie noch probieren?

➔ Natürlich an die Augen. Hüpfe zur Seite 218.
➔ Ganz klar der Mund. Lies auf Seite 220 weiter.
➔ Ans Herz! Geh zur Seite 228.

»Beijing«, sagte Fridolin.

Nichts geschah. *Das ist der chinesische Name der Hauptstadt Peking,* fiel Fridolin ein. Das hatte seine Mutter mal erwähnt, als sie über eines ihrer asiatischen Kunstobjekte gesprochen hatte. Es musste also ein anderes Wort sein …

➔ Huáng Shān. Blättere zur Seite 219.
➔ Jìngzi. Auf Seite 223 erfährst du, ob du richtigliegst.
➔ Níngméng. Spring zur Seite 229.
➔ Xióngmāo. Geh zur Seite 231.
➔ Yangtze. Hüpf auf Seite 233.

Fridolin stellte sich auf die Zehenspitzen, um den Magneten an ein Auge der Skulptur zu halten. Er wartete einen Moment, aber nichts passierte. Entmutigt ließ er die Nadel sinken.

»Ey, was für ein blöder Tipp! **MIEFIGER MAGNETMIST!**«

Was könnten sie noch probieren?

➔ Klar, an die Stirn. Auf Seite 216 erfährst du, ob du richtigliegst.
➔ Ganz klar der Mund. Lies auf Seite 220 weiter.
➔ Ans Herz! Geh zur Seite 228.

»Huáng Shān«, sagte Fridolin.

Nichts geschah. *Das ist ein chinesisches Gebirge,* fiel ihm ein. Hatte er das nicht heute irgendwo aufgeschnappt? Er war sich nicht sicher. War aber auch egal – es musste ein anderes Wort sein …


➔ Beijing. Lies auf Seite 217 weiter.

➔ Jìngzi. Auf Seite 223 erfährst du, ob du richtigliegst.

➔ Níngméng. Spring zur Seite 229.

➔ Xióngmāo. Geh zur Seite 231.

➔ Yangtze. Hüpf auf Seite 233.

Fridolin stellte sich auf die Zehenspitzen, um den Magneten an den Mund der Skulptur zu halten. Er wartete einen Moment, dann ließ er die Nadel sinken. Gerade wollte er seiner Enttäuschung Luft machen, als die Frau ihre Augen öffnete und Pierre und ihn verwirrt anblinzelte.

»Hast du mich gerade geküsst?«, fragte sie verschlafen.

»Ich? Äh … nein! Da … das war kein KUSS, also …«, stammelte Fridolin. Er spürte, wie ihm die Hitze ins Gesicht schoss. Dass Pierre losprustete, machte es nicht besser.

»Das war eindeutig ein Kuss. Ich hab's gesehen«, behauptete der freche Goblin.

Fridolin warf ihm einen scharfen Blick zu, doch Pierre kicherte einfach weiter.

»Oh, seid ihr in die Spiegelfalle geraten?«, fragte die Frau. »Das glitzert so schön.«

»Schön ist Ansichtssache«, sagte Pierre. »Verrat uns mal, wie wir aus dem Glitzerding rauskommen!«

»Na klar, lasst mich mal nachdenken … Für die alte Spie-

gelfalle hab ich mir eine Abkürzung gemerkt, und zwar ZAV.«

»ZAV?«, wiederholten Fridolin und Pierre gleichzeitig.

»Ja, genau. In der Reihenfolge. Das Z steht für … Zyklop, genau! Und das A … und das V … Das waren auch irgendwelche merkwürdigen Lebewesen. Hm, ich fürchte, ich habe vergessen, wofür A und V stehen.«

»Was zur **ZOTTLIGEN ZWIEBELZICKE** …«, fluchte Pierre leise vor sich hin.

»Wie hast du mich genannt?«, fragte die Skulptur spitz.

»Er hat nicht dich gemeint!«, beeilte sich Fridolin, ihr zu versichern. »Er sagt ständig so was. Ignorier ihn einfach!«

Die Frau schloss die Augen und sagte eingeschnappt: »Ich denke, ich habe euch genug geholfen. Ich hätte euch noch verraten können, wie der Spiegel heißt, aber das ist ja nicht mein Problem.«

»Ey, mich interessiert überhaupt nicht, wie der Spiegel heißt. Ich will ihn ja nicht zum Essen einladen! Und geholfen haste uns absolut null«, motzte Pierre.

Die Skulptur schwieg und zeigte kein Lebenszeichen mehr.

Fridolin fuhr sich frustriert durch die Haare. »Okay, das ist dann wohl alles, was wir aus ihr herauskriegen.«

»Wir wissen alles, was wir wissen müssen«, behauptete

Pierre und hob die geballte Faust. »Jetzt lass uns endlich zum Spiegel zurückgehen. Den Rest kriegen wir schon alleine hin.«

*Das hoffe ich,* dachte Fridolin, als er dem Goblin durch die Schiebetür in den düsteren Bereich des Kunst- & Kuriositätenladens folgte.

→ Weiter geht's auf Seite 208!

»Jìngzi«, sagte Fridolin und war sich in diesem Moment sicher, richtigzuliegen. Das war das einzige chinesische Wort, von dem er wusste, wie man es ausspricht: Er hatte es nämlich vom Krokodil gehört.

Der goldene Rahmen des Spiegels glühte plötzlich hell auf.

»Ey, wir haben's geschafft!«, jubelte Pierre.

Das Glühen erlosch kurz darauf und zurück blieb eine Handvoll leuchtender Symbole über den Rahmen verteilt.

»Da sind sie!«, freute sich Fridolin.

»Alles klar, dann hüpf ich mal auf meine Seite.« Pierre holte Schwung, um durch den Spiegel zu springen.

**»WARTE!«,** rief Fridolin.

»Ey, was is'? Wir sind so kurz vorm Ziel!«

Fridolin brannte eine Frage auf der Seele. Vermutlich war dies die letzte Chance, sie zu stellen, denn womöglich würde er Pierre nie wiedersehen, wenn der Goblin jetzt durch den Spiegel verschwand. »Was ist eigentlich auf deiner Seite? Und warum hast *du* es so eilig?«

Pierre hob beide Augenbrauen und sah dann verlegen zu Boden. »Na ja, ich bin gerade mit meiner Klasse auf'm Schulausflug. Wir sind in so 'nem schnarchigen Museum. Wenn der Lehrer mitkriegt, dass ich verschwunden bin, flieg ich von der Schule …«

»Echt? Sind Goblin-Lehrer so streng? Sag doch, du hast dich verlaufen.«

Pierre grinste zu ihm hoch. »Als ob mir jemand abkauft, dass ich keinen Mist gebaut habe. Ich hab doch schon drei Tadel!«

Fridolin musste lachen. »Okay, dann hüpf schnell durch, damit wir endlich diese **FESSEL** lösen können.«

Pierre nickte und visierte den Spiegel an. »Bis zum nächsten Mal, Fridelini!«

»Hoffentlich nicht!«, rief Fridolin ihm hinterher.

Doch da war der Goblin bereits durch die Spiegelscheibe gesprungen. Über die Oberfläche bewegte sich ein kreisförmiges Wellenmuster, als wäre ein einzelner Tropfen auf die Oberfläche eines ruhigen Sees gefallen. Kurz darauf war nur noch Fridolins Spiegelbild zu sehen – und die glitzernde Fessel, die von seinem Handgelenk in den Spiegel hinein führte.

»Pierre?«, fragte er.

»Kann dich hören«, drang die vertraute Stimme an sein Ohr.

»Gut, dann lass uns die Symbole berühren.« Er schaute sich den Rahmen genauer an. »Ich habe hier einen Seestern, einen … Maulwurf, vermute ich mal … eine Figur mit einem großen Auge mitten im Gesicht –«

»Zyklop meinst du?«, unterbrach ihn Pierre.

»Ähm, ja genau, einen **ZYKLOPEN** … und eine **SPINNE**. Siehst du die auch?«

»Ey, bei mir sind die nich'!«

»Was?!« Fridolins Magen zog sich zusammen. Er war sich sicher gewesen, dass sie es so gut wie geschafft hatten! »Was ist denn bei dir auf dem Rahmen?«

»Gar nix.«

Fridolin war sprachlos. Damit hatte er nicht gerechnet. »Okay …«, sagte er nach einer Weile. »Dann drücke ich jetzt einfach das erste Symbol.« Er hob die Hand und zögerte. Welches sollte er drücken?

➔ Den Seestern. Gehe zur Seite 230.
➔ Den Maulwurf. Lies auf Seite 232 weiter.
➔ Den Zyklopen. Hüpfe zur Seite 234.
➔ Die Vogelspinne. Auf Seite 236 geht es weiter.

»Jìngzi«, sagte Fridolin und die bekannten Symbole des Rahmens glühten erneut auf: ein Seestern, ein Maulwurf, ein Zyklop und eine Spinne. Er seufzte.

Was für Hinweise hatten sie bisher zusammengetragen, um das Rätsel zu lösen? Fridolin überlegte kurz und drückte dann …

➜ … den Seestern. Gehe zur Seite 230.
➜ … den Maulwurf. Lies auf Seite 232 weiter.
➜ … den Zyklopen. Hüpfe zur Seite 234.
➜ … die Vogelspinne. Auf Seite 236 geht es weiter.

»Jìngzi«, sagte Fridolin und die bekannten Symbole des Rahmens glühten erneut auf: ein Seestern, ein Maulwurf, ein Zyklop und eine Spinne. »Also gut, dann noch mal …«, murmelte er.


→ Seestern. Gehe zur Seite 230.
→ Maulwurf. Lies auf Seite 232 weiter.
→ Zyklop. Hüpfe zur Seite 237.
→ Vogelspinne. Auf Seite 236 geht es weiter.

Fridolin stellte sich auf die Zehenspitzen und schloss die Augen, als er den Magneten an den Brustkorb der nackten Frau hielt. Er wartete einen Moment, doch als nichts passierte, ließ er die Nadel enttäuscht sinken.

»Ey, is' die Skulptur kaputt, oder was?«

Was konnten sie noch probieren?

→ Klar, an die Stirn. Auf Seite 216 erfährst du, ob du richtigliegst.
→ Natürlich an die Augen. Hüpfe zur Seite 218.
→ Ganz klar der Mund. Lies auf Seite 220 weiter.

»Níngméng«, sagte Fridolin.

Nichts geschah. *Das ist das Wort für Zitrone,* fiel Fridolin ein. Das musste er heute irgendwo gelesen haben. Es musste also ein anderes Wort sein …

➔ Beijing. Lies auf Seite 217 weiter.
➔ Huáng Shān. Blättere zur Seite 219.
➔ Jìngzi. Auf Seite 223 erfährst du, ob du richtigliegst.
➔ Xióngmāo. Geh zur Seite 231.
➔ Yangtze. Hüpf auf Seite 233.

Er drückte den Seestern. Sofort verschwanden alle Symbole. Fridolin hielt den Atem an. Was jetzt?

»Ey, haste schon was gemacht?«, fragte Pierre durch den Spiegel.

»Ja«, sagte Fridolin.

»Bei mir is' immer noch nix.«

»Ich glaube, der Seestern war falsch«, mutmaßte Fridolin. »Was machen wir jetzt?«

»Was wohl? Fang noch mal von vorne an – aber zackig!«, rief Pierre.

Es ruckte einmal an der Fessel.

*Ist ja gut,* dachte Fridolin. *Dann eben von vorne.*

→ Lies auf Seite 226 weiter.

»Xióngmāo«, sagte Fridolin und fügte leiser hinzu: »Oder so ähnlich.«

Nichts geschah. *Das ist das Wort für Panda,* vermutete Fridolin. Das musste er irgendwo aufgegabelt haben, ganz sicher war er sich allerdings nicht. Es musste auf jeden Fall ein anderes Wort sein …

→ Beijing. Lies auf Seite 217 weiter.
→ Huáng Shān. Blättere zur Seite 219.
→ Jìngzi. Auf Seite 223 erfährst du, ob du richtigliegst.
→ Níngméng. Spring zur Seite 229.
→ Yangtze. Hüpf auf Seite 233.

Er drückte den Maulwurf. Sofort verschwanden alle Symbole auf dem Rahmen. Fridolin hielt den Atem an. Was jetzt?

»Ey, haste schon was gemacht?«, fragte Pierre durch den Spiegel.

»Ja«, sagte Fridolin.

»Bei mir is' immer noch nix.«

»Ich glaube, der Maulwurf war falsch«, mutmaßte Fridolin. »Was sollen wir machen?«

»Was wohl? Fang noch mal von vorne an – aber zackig!«, rief Pierre.

Es ruckte einmal an der Fessel.

*Ist ja gut,* dachte Fridolin. *Dann eben von vorne.*

➔ Nicht aufgeben! Weiter geht's auf Seite 226.

»Yangtze«, sagte Fridolin.

Nichts geschah. *Das ist ein Fluss in China,* fiel Fridolin ein. Das hatte er schon mal im Erdkunde-Unterricht gehört. Es musste also ein anderes Wort sein …

→ Beijing. Lies auf Seite 217 weiter.
→ Huáng Shān. Blättere zur Seite 219.
→ Jìngzi. Auf Seite 223 erfährst du, ob du richtigliegst.
→ Níngméng. Spring zur Seite 229.
→ Xióngmāo. Geh zur Seite 231.

Er drückte das Symbol mit dem abgebildeten Zyklopen. Plötzlich erlosch das Glühen des Rahmens komplett.

»Oh!« Fridolin zog seine Hand schnell weg. Hatte er etwas falsch gemacht?

Ein Geräusch aus dem Ausstellungsraum ließ ihn zusammenzucken. Er hörte Stimmengemurmel und Lachen. Hoffentlich kamen seine Mutter und Herr Oratio nicht herein, bevor das Rätsel gelöst war!

→ Nur Mut! Lies auf Seite 237 weiter.

Er drückte die Muschel. Sofort verschwanden alle Symbole auf dem Rahmen. Pierre stemmte die Hände in die Hüften. Warum dauerte das denn so lange, bis was passierte? »Ey, siehste was?«, fragte er durch den Spiegel.

»Nein! Hast du denn schon etwas gedrückt?«, fragte Fridolin zurück.

»Klar, aber es sind nur die Lichter ausgegangen.«

»Dann war das wohl das falsche Symbol«, mutmaßte Fridolin. »Was machen wir jetzt?«

»Was wohl? Fang noch mal von vorne an – aber zackig!«, rief Pierre und zog einmal kräftig an der Fessel. Der Junge war so ein lahmes Laberlama!

→ Zurück zu Fridolin! Blättere zur Seite 227.

Er drückte die Spinne. Sofort verschwanden alle Symbole. Fridolin hielt den Atem an. Was jetzt?

»Ey, haste schon was gemacht?«, fragte Pierre durch den Spiegel.

»Ja«, sagte Fridolin.

»Bei mir is' immer noch nix.«

»Ich glaube, die Spinne war falsch«, mutmaßte Fridolin. »Was sollen wir machen?«

»Was wohl? Fang noch mal von vorne an – aber zackig!«, rief Pierre.

Es ruckte einmal an der Fessel.

*Ist ja gut,* dachte Fridolin. *Dann eben von vorne.*

→ Noch mal! Blättere zu Seite 226.

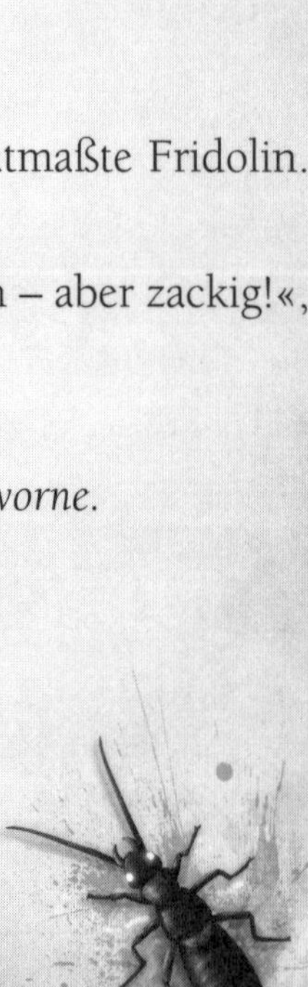

Plötzlich tauchten auch auf Pierres Seite des Rahmens leuchtende Symbole auf.

»Ey, hier sind sie!«, rief der Goblin aufgeregt. »Gab wohl 'ne Verzögerung.« Er sah sich die Symbole der Reihe nach an. »Hä? Das sind irgendwie andere … eine Muschel, eine Spinne, ein Seestern und … ein dreiköpfiger Affe.«

Er warf einen Blick über die Schulter und stellte erleichtert fest, dass er nach wie vor allein war. Kein Wunder eigentlich, denn in diesem Raum wurden **EXPONATE** gelagert, die nicht ausgestellt wurden. Für Besucher war der Zutritt strengstens verboten … Pierre hatte nur einmal ausprobieren wollen, ob die Tür wirklich abgeschlossen war. Als sie sich problemlos öffnen ließ, hatte er sich nur kurz vor seinen Mitschülern verstecken wollen. Dabei war er auf den Spiegel gestoßen, der in einer Ecke des Raumes stand und vor dem sich ein Schild mit einer rot durchgestrichenen Hand befand. Klar hatte er begriffen, was das Piktogramm bedeutete. Aber er war auf einen Trick dieser zickigen Feen hereingefallen. Sie hatten ihm gesagt, er hätte einen Wunsch frei, wenn er den Spiegel anfasste – und er hatte einfach nicht widerstehen können …

Vor der Tür, die einen Spaltbreit offen stand, hörte Pierre auf einmal Stimmen. Was für eine **WABBELNDE WARZEN-WURST!** Jetzt wurde es langsam eng …

»Ey, Frido, was is' los? Hat's dir die Sprache verschlagen?« Er zog an der glitzernden Fessel, dessen Ende im Spiegel verschwand.

»Bin hier«, hörte er Fridolins Stimme. »Sorry, ich war abgelenkt.«

»Was is' da drüben los?«

»Meine Mutter und Herr Oratio sind ganz in der Nähe. Wir müssen uns beeilen!«

»Sag ich doch die ganze Zeit!«

»Bei mir sind die Symbole weg – du bist dran!«

Pierre machte große Augen. Er sollte ganz allein das nächste Symbol aussuchen? *Klar doch, du kannst das!* Er streckte die Brust raus und betrachtete die Symbole.

Welches sollte er drücken? Zögernd streckte er einen Finger aus und entschied sich für …

➔ … die Muschel. Hüpfe zur Seite 235.
➔ … die Vogelspinne. Auf Seite 241 geht es weiter.
➔ … den Seestern. Gehe zur Seite 244.
➔ … den dreiköpfigen Affen. Spring zur Seite 247.

Er drückte die Spinne und drehte sich dann schnell zu seiner Mutter um. Aus dem Augenwinkel sah er gerade noch, wie das Glühen der Symbole erlosch. Hieß das, es hatte funktioniert? War er frei?

Weil er sich noch immer nicht vom Fleck gerührt hatte, war seine Mutter stehen geblieben und sah ihn nun fragend an.

»Kann ich ein Spaghetti-Eis haben?«, fragte er, um sie abzulenken. Während sie lachte und »Na klar, warum nicht?« antwortete, zog er behutsam und unauffällig den linken Arm nach vorne, um einen kurzen Blick auf sein Handgelenk zu werfen.

Da war kein Glitzern mehr zu sehen. Fridolin fiel ein Stein vom Herzen. Erleichtert lief er auf seine Mutter zu und fiel ihr in die Arme. »Darf ich weiter Basketball spielen?«, fragte er, als sie ihn fest umarmte.

»Ja … aber nicht im Haus – und im Vorgarten auch nicht!«

Er ließ seine Mutter los. Wo sollte er denn dann trainieren?

Sie seufzte. »Vielleicht können wir dir einen Bereich einrichten, wenn dir das so wichtig ist. Aber nur, wenn du bis dahin nichts mehr kaputt machst.«

»Ich versuch's«, sagte Fridolin mit einem Grinsen.

Sie sah ihn skeptisch an, lächelte dann und sagte: »Spaghetti-Eis?«

»Spaghetti-Eis«, antwortete er mit einem Nicken.

Bevor Fridolin seiner Mutter durch die Schiebetür folgte, warf er einen letzten Blick auf den Spiegel, der unscheinbar in der dunklen Ecke stand. Fridolin stutzte. Mitten auf der Spiegeloberfläche breitete sich gerade eine **NEBELWOLKE** aus. *Haben wir ihn kaputt gemacht?*, schoss ihm als Erstes durch den Kopf. Kurz darauf zog sich eine Linie durch die Wolke … Sie formte die Umrisse einer Faust mit hochgestrecktem Daumen! Anscheinend hatte Pierre gegen den Spiegel gehaucht und ihm eine Botschaft hinterlassen. Fridolin grinste. *Mach's gut, Pierre,* dachte er im Stillen, ehe er den Kunst- & Kuriositätenladen schleunigst verließ.

ENDE

→ Auf Seite 254 geht's zur Danksagung!

Er drückte die Spinne. Sofort verschwanden alle Symbole auf dem Rahmen. Pierre stemmte die Hände in die Hüften. Warum dauerte das denn so lange, bis was passierte? »Ey, siehste was?«, fragte er durch den Spiegel.

»Nein! Hast du denn schon etwas gedrückt?«, fragte Fridolin zurück.

»Klar, aber es sind nur die Lichter ausgegangen.«

»Dann war das wohl das falsche Symbol«, mutmaßte Fridolin. »Was machen wir jetzt?«

»Was wohl? Fang noch mal von vorne an – aber zackig!«, rief Pierre und zog einmal kräftig an der Fessel. Der Junge war so ein lahmes Laberlama!

→ Noch mal, blättere auf Seite 227.

Er berührte den Maulwurf und drehte sich dann sofort wieder zu seiner Mutter um. Aus dem Augenwinkel sah er gerade noch, wie das Glühen der Symbole erlosch. Hieß das, es hatte funktioniert? War er frei?

Mutig machte er einen Schritt nach vorne – doch etwas ruckte an seinem Arm: Sein linkes Handgelenk hing immer noch fest. Fridolin wurde gleichzeitig heiß und kalt. Die Fessel hatte sich nicht gelöst! Er zog noch einmal kräftig daran, doch dann wurde ihm bewusst, dass er auf diese Weise höchstens Pierre wieder durch den Spiegel zerren würde. Also blieb er einfach stehen. Sein Magen krampfte sich zusammen, als seine Mutter ihn mit einem fragenden Ausdruck bedachte.

»Was ist los?«, wollte sie wissen.

Fridolin öffnete den Mund, wusste aber nicht, was er sagen sollte.

»Versteckst du etwas vor mir?«

Ihm blieb nichts anderes übrig, als mit der Wahrheit he-

rauszurücken. Langsam streckte Fridolin den linken Arm seiner Mutter entgegen. Nun wusste sie, was er angestellt hatte: Er hatte schon wieder **MIST** gebaut … Das Basketballtraining konnte er jetzt wohl vergessen.

Fridolins Mutter schaute mit großen Augen auf die glitzernde Fessel, die von seinem Handgelenk in den Spiegel führte. »Ist das etwa …?«, sagte sie und legte eine Hand auf ihr Herz. Dann trat sie einen Schritt auf ihn zu, wobei ihr Blick über den Rahmen des Spiegels wanderte.

»Es tut mir leid«, murmelte Fridolin. »Ich hab ihn kaum berührt – ehrlich! Das war ein Versehen …«

➔ Lies auf Seite 252 weiter.

Er drückte den Seestern. Sofort verschwanden alle Symbole auf dem Rahmen. Pierre stemmte die Hände in die Hüften. Warum dauerte das denn so lange, bis was passierte? »Ey, siehste was?«, fragte er durch den Spiegel.

»Nein! Hast du denn schon etwas gedrückt?«, fragte Fridolin zurück.

»Klar, aber es sind nur die Lichter ausgegangen.«

»Dann war das wohl das falsche Symbol«, mutmaßte Fridolin. »Was machen wir jetzt?«

»Was wohl? Fang noch mal von vorne an – aber zackig!«, rief Pierre und zog einmal kräftig an der Fessel. Der Junge war so ein lahmes Laberlama!

→ Nur Mut! Auf Seite 227 geht's weiter.

Er berührte den Engel und drehte sich dann sofort wieder zu seiner Mutter um. Aus dem Augenwinkel sah er gerade noch, wie das Glühen der Symbole erlosch. Hieß das, es hatte funktioniert? War er frei?

Mutig machte er einen Schritt nach vorne – doch etwas ruckte an seinem Arm: Sein linkes Handgelenk hing immer noch fest. Fridolin wurde gleichzeitig heiß und kalt. Die Fessel hatte sich nicht gelöst! Er zog noch einmal kräftig daran, doch dann wurde ihm bewusst, dass er auf diese Weise höchstens Pierre wieder durch den Spiegel zerren würde. Also blieb er einfach stehen. Sein Magen krampfte sich zusammen, als seine Mutter ihn mit einem fragenden Ausdruck bedachte.

»Was ist los?«, wollte sie wissen.

Fridolin öffnete den Mund, wusste aber nicht, was er sagen sollte.

»Versteckst du etwas vor mir?«

Ihm blieb nichts anderes übrig, als mit der Wahrheit he-

rauszurücken. Langsam streckte Fridolin den linken Arm seiner Mutter entgegen. Nun wusste sie, was er angestellt hatte: Er hatte schon wieder Mist gebaut … Das Basketballtraining konnte er jetzt wohl vergessen.

Fridolins Mutter schaute mit großen Augen auf die glitzernde Fessel, die von seinem Handgelenk in den Spiegel führte. »Ist das etwa …?«, sagte sie und legte eine Hand auf ihr Herz. Dann trat sie einen Schritt auf ihn zu, wobei ihr Blick über den Rahmen des Spiegels wanderte.

»Es tut mir leid«, murmelte Fridolin. »Ich hab ihn kaum berührt – ehrlich! Das war ein Versehen …«

➔ Lies auf Seite 252 weiter.

Vor Fridolins Augen tauchten auf einmal wieder Symbole am Rahmen auf. Allerdings waren es andere als zuvor.

»Ey, der Affe war's!«, ertönte Pierres Stimme aus dem Spiegel.

»Gut gemacht«, sagte Fridolin. »Bei mir sind neue Symbole aufgetaucht … Dann bin ich wohl wieder dran.«

»Was haste denn für welche?«, fragte Pierre neugierig.

»Eine Spinne, einen Maulwurf, einen Engel mit Pfeil und Bogen … ich glaube, das ist ein Amor … und eine Muschel.«

In diesem Moment öffnete sich hinter ihm die Schiebetür.

»Fridolin?«, rief seine Mutter. »Himmel, ist es hier düster.«

»Äh … ja?« Fridolin drehte sich zu ihr um und versteckte die gefesselte Hand hinter seinem Rücken.

»Wir können gehen. Kommst du?«

»Ja, bin gleich da!«

Sie kam noch einen Schritt auf ihn zu. »Was machst du denn da?«, fragte sie misstrauisch. Dann bemerkte sie das

Krokodil an der Decke, blieb stehen und zog unwillkürlich den Kopf ein. »Huch, ist das ein echtes …? Na ja, Hauptsache, es ist da oben gut angeschraubt.« Sie ließ den Blick über die Schränke, Tische und Regale wandern. »Komm jetzt, Fridolin, lass uns gehen. Ich habe eine wunderschöne Skulptur gefunden, die Herr Oratio uns morgen liefern lassen wird.« Sie lächelte ihren Sohn an. »Lass uns zur Feier des Tages ein Eis essen gehen. Einverstanden?«

Fridolin lächelte zurück, während seine Handflächen immer schwitziger wurden und seine Kopfhaut zu prickeln begann. Er brauchte doch nur noch einen Moment! *Irgendwie muss ich sie ablenken …* »Einverstanden. Bin gleich da.«

Seine Mutter seufzte und kam noch einen Schritt näher.

Fridolin stockte der Atem. Was sollte er tun? Hoffentlich quakte Pierre jetzt nicht dazwischen!

»Es tut mir leid«, sagte seine Mutter zu seiner Überraschung. »Ich hab etwas übertrieben, ich weiß … aber du trägst auch einen Teil der Schuld. Du bist immer so … wild und impulsiv. Ständig geht etwas zu Bruch!« Wieder seufzte sie.

»Mir tut es auch leid, Mama«, sagte Fridolin schnell.

Sie machte einen weiteren Schritt auf ihn zu und stand nun direkt vor ihm. Mit einem liebevollen Blick beugte sie sich zu ihm herunter und drückte ihm einen Kuss auf die Stirn. »Na los, lass uns Eis essen gehen – als Friedensangebot.« Sie hielt ihm die Hand hin.

Zum Glück steckte seine linke Hand in der Fessel! Fridolin ergriff mit der Rechten die Hand seiner Mutter und ging auf ihr Friedensangebot ein.

»Dann los«, sagte sie lächelnd und wandte sich zum Gehen.

Fridolin nutzte den Moment, drehte sich zum Spiegel um und wählte blitzschnell eines der Symbole am Rahmen aus:

→ Vogelspinne. Hüpfe zur Seite 239.
→ Maulwurf. Auf Seite 242 geht es weiter.
→ Amor. Spring zur Seite 245.
→ Muschel. Lies auf Seite 250 weiter.

Er drückte die Muschel und drehte sich dann sofort wieder zu seiner Mutter um. Aus dem Augenwinkel sah er gerade noch, wie das Glühen der Symbole erlosch. Hieß das, es hatte funktioniert? War er frei?

Mutig machte er einen Schritt nach vorne – doch etwas ruckte an seinem Arm: Sein linkes Handgelenk hing immer noch fest. Fridolin wurde gleichzeitig heiß und kalt. Die Fessel hatte sich nicht gelöst! Er zog noch einmal kräftig daran, doch dann wurde ihm bewusst, dass er auf diese Weise höchstens Pierre wieder durch den Spiegel zerren würde. Also blieb er einfach stehen. Sein Magen krampfte sich zusammen, als seine Mutter ihn mit einem fragenden Ausdruck bedachte.

»Was ist los?«, wollte sie wissen.

Fridolin öffnete den Mund, aber wusste nicht, was er sagen sollte.

»Versteckst du etwas vor mir?«

Ihm blieb nichts anderes übrig, als mit der Wahrheit he-

rauszurücken. Langsam streckte Fridolin den linken Arm seiner Mutter entgegen. Nun wusste sie, was er angestellt hatte: Er hatte schon wieder Mist gebaut … Das Basketballtraining konnte er jetzt wohl vergessen.

Fridolins Mutter schaute mit großen Augen auf die glitzernde **FESSEL,** die von seinem Handgelenk in den Spiegel führte. »Ist das etwa …?«, sagte sie und legte eine Hand auf ihr Herz. Dann trat sie einen Schritt auf ihn zu, wobei ihr Blick über den Rahmen des Spiegels wanderte.

»Es tut mir leid«, murmelte Fridolin. »Ich hab ihn kaum berührt – ehrlich! Das war ein Versehen …«

➔ Auf Seite 252 geht es weiter!

»Jìngzi«, sagte seine Mutter und die Symbole leuchteten auf. »Es gibt ihn wirklich! Wieso hat Herr Oratio mir nicht erzählt, dass er eine echte Spiegelfalle besitzt?«

Fridolin starrte seine Mutter mit offenem Mund an. Sie kannte sich mit Spiegelfallen aus … und es gab mehr als eine?

»Ist das aufregend!«, jubelte sie und breitete die Arme aus, wobei sie die Handflächen in Richtung des Spiegels hielt. Dann holte sie tief Luft und sagte: *»Yī yǎnjing, liù yǎnjing, shì yǎnjing.«*

Die Symbole verschwanden – und mit ihnen die Fessel um Fridolins Handgelenk.

»Ha!«, machte seine Mutter halb verwundert und halb begeistert. »Ich dachte immer, das sei ein Märchen.«

»War … war das gerade Chinesisch?«, fragte Fridolin. Er hatte seine Mutter noch nie eine andere Sprache als Deutsch sprechen hören.

»Ja, das ist eine Formel, die ich im Kunststudium auswendig gelernt habe. Dass ich mich noch daran erinnere …« Sie lächelte und strich ihre Bluse glatt. Dann setzte sie einen strengen Blick auf und sagte zu Fridolin: »Ich werde dir aber nicht verraten, was es bedeutet, denn ich will nicht, dass du hier noch einmal irgendetwas anfasst.«

»Aber ich –«, begann Fridolin.

Seine Mutter unterbrach ihn, indem sie die Hand hob und auf das »Bitte nicht berühren«-Schild deutete, das am Spiegelrahmen hing. »Du kannst einfach nicht hören, Fridolin! Und das, nachdem du heute meine Büste zerstört hast …«

»Es tut mir –«

»Möchtest du etwa, dass wir Hausverbot bei Herrn Oratio bekommen?«

»Nein, ich –«

»Es reicht, Fridolin!«, schnitt sie ihm das Wort ab. »Du zeigst keinerlei Wertschätzung für das, was mir wichtig ist. Wir gehen jetzt nach Hause – und ich will kein Wort mehr von dir hören.« Sie drehte sich um und ging mit energischen Schritten auf die Schiebetür zu. »Basketball ist gestrichen!«

»Ja, Mama«, murmelte Fridolin und vergrub die Hände in den Hosentaschen. Er hoffte, dass wenigstens Pierre heil aus der Nummer rausgekommen war.

ENDE

→ Auf Seite 254 geht's zur Danksagung!

# Danksagung

Im November 2019 hatte ich meiner Lektorin ein Exposé für ein neues Spielbuch versprochen. Grobe Ideen schwirrten bereits in meinem Kopf und ich dachte, dass ich mindestens zwei davon ziemlich schnell runtergeschrieben bekäme. Also war mein Plan, auf dem Rückweg von einer Veranstaltung, während ich auf den ICE wartete, zwei Exposés fertig zu machen.

So saß ich in einem Café in der Spandauer Altstadt – der Weihnachtsmarkt wurde gerade aufgebaut –, ich klappte meinen Laptop auf … und es kam nichts. Keine der Geschichten hat mich mehr so richtig begeistert.

Nun hatte ich den Verlag aber schon so lange warten lassen, dass ich unbedingt etwas abgeben wollte. Also warf ich die angefangenen Exposés weg und fing noch einmal komplett von vorne an. In der halben Stunde, die ich noch hatte, schmiss ich die Idee für »Die chinesische Spiegelfalle« zusammen (die ursprünglich in einer Zitadelle spielen sollte) und schickte sie an meine Lektorin.

Wenige Tage darauf kam die Antwort: Sie würde mir gerne einen Verlagsvertrag dafür schicken. *Yes!*

Vielen Dank, Spandau, für den Inspirationsschub. Ich weiß noch heute, wie ich in dem Café saß und mich die plötzliche Eingebung traf: chinesische Spiegelfalle – genial!

Ein paar weitere Dankeschöns:

Danke an Rudi, der mich stets auf die Schwachstellen meiner Rätsel aufmerksam macht, wenn ich sie an ihm teste. Dafür bringt er mich aber auch auf viele neue Ideen – ein kreativer Teufelskreis.

Danke an Lara, die das Manuskript als Erste unter ihren Fittichen hatte und mir immer wieder Mut macht, weiterzuschreiben. Auch wenn sie meine Liebe für Sternmulle mit ihren Tentakelnasen nicht teilen konnte.

Danke an Larissa, die das gesamte Manuskript auf Herz und Nieren geprüft und es mit ihren tollen Vorschlägen abgerundet hat. Wegen ihr spielt die Geschichte nicht in einem schnarchigen (Zitadellen-)Museum, sondern in einer kuriosen Kunstkammer.

Danke an Pascal, der auch dieses Mal den Umschlag und die Illustrationen gezaubert hat. Dafür, dass er Pierre ein bisschen nach »Teenage Yoda« aussehen lassen hat, und besonders dafür, dass er aus einer gruseligen Spinnen-Illustration einen süßen Ohrenkneifer gemacht hat, weil ich sonst die Seiten nicht hätte anfassen können.

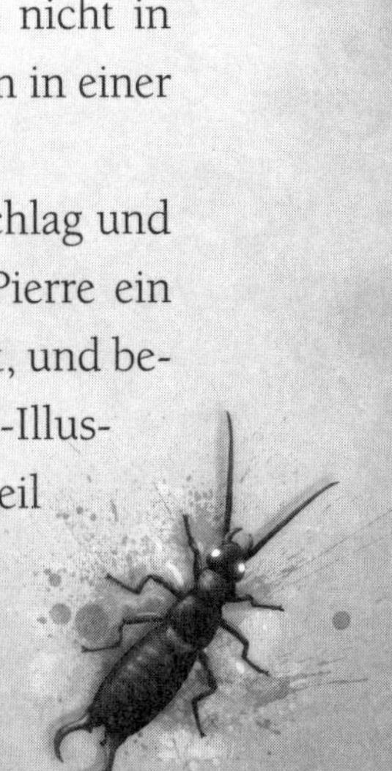

Ein ganz besonderer Dank an dich, liebe lesende Person! Dafür, dass du sogar die Danksagung liest. Ich hoffe, meine Spiegelfalle hat dir gefallen und dass dich die derben Goblin-Flüche nicht allzu doll schockiert haben. Ich würde mich sehr freuen, wenn du mir in dem Online-Buchshop deiner Wahl eine Bewertung schreibst. Denn je mehr Bewertungen, desto schneller schreibe ich an dem nächsten Buch – versprochen! Ist eine Motivationssache. In der Zwischenzeit kannst du ja mal schauen, ob du den Weg durch mein Dämonen-Labyrinth findest …

Corinna Rindlisbacher

**www.lemonbits.de**
Instagram: @lemonbits.de
Twitter/Facebook: @lemonbits